AF425198

Éditions de l'Exil
480, rang 4
St-Élie-de-Caxton, Qc , G0X 2N0
Tél : 819-221-3132
editionsdelexil@yahoo.ca
site Internet : www.editionsdelexil.com

© Thaïs Barbieux 2013
Illustration : Denise Vigneault

Tous droits réservés.
Toute reproduction, même partielle,
de cet ouvrage est interdite
sans l'autorisation écrite de l'auteur.

Thaïs Barbieux

Hadès & Perséphone

- Roman -

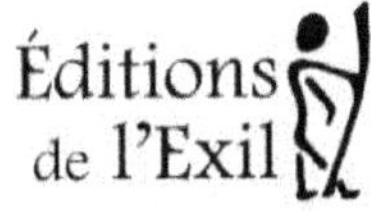

Éditions de l'Exil

Cela faisait si longtemps! Si longtemps qu'il pouvait sentir le parfum des fleurs d'asphodèles, qui comme nul autre, était rempli d'un vide infini. Une seule de ces fleurs pouvait donner le vertige au guerrier le plus insensible et pourtant Hadès savait qu'elles n'étaient pas réelles, car rien au Tartare ne l'était.

Il en était le ténébreux gardien et veillait à ce qu'aucun secret n'y soit dérobé.

« Ha! Qu'il est cruel le Seigneur des Enfers! » se répétait Hadès, scrutant les eaux du Plégéthon, le fleuve de feu.

Seule cette pensée avait le pouvoir de l'amuser, aussi il se la récitait plusieurs fois telle une douce flagellation.

Et comme le Temps n'avait que peu de pouvoir là-bas, Hadès se forgea cette cruauté pendant des milliers d'années.

Cependant, il savait que c'était lui le prisonnier et non les Mortels qui se disaient soumis aux lois des Parques de la Destinée.

Il était l'Esclave, assujetti à sa propre puissance et à la grandeur de son royaume, asservi par la peur que l'on avait de lui.

« Qu'il est cruel… »

Et pourtant s'ils savaient, tous, à quel point il n'avait aucun pouvoir, à part celui irréel qu'on lui donnait; pouvoir aussi intangible qu'avaient les fleurs et les fruits des Enfers.

Il se haïssait autant qu'il n'aimait personne et que rien d'autre n'avait d'importance à ses yeux que lui-même.

Mais voilà ce qu'il ignorait; l'immensité de son empire ne se limitait pas au Tartare, mais s'étendait à toute l'humanité, car tous les chemins passaient par le Hadès.

La descente aux Enfers

Il était si près de la surface qu'il avait peine à respirer. Étouffé par tant d'air pur, Hadès protégea ses yeux lorsque l'issue de la caverne fut assez proche pour laisser la lumière lui éclairer la tête. Il n'avait plus qu'à grimper sur trois pierres pour sortir et admirer le monde des Mortels.

Comme il trouvait cette terre insipide et ce ciel présomptueux!

Il n'aurait pas à rester longtemps ici pour se faire une idée de ce qui était advenu à la Terre des Hommes. Il ne désirait pas s'éterniser dans ces pays où les souffrances n'étaient rien comparées à celles des Plaines du Châtiment, où les beautés n'étaient que de pâles imitations des Champs Élysées et où un roi n'avait de véritable pouvoir que sur son bétail.

À peine émergé à l'air libre, Hadès se prit de nostalgie pour son pays.

« Quelle splendeur que le Tartare! » se dit-il.

Il fut tenté d'y retourner avant même d'avoir exploré ces contrées, mais il n'était venu à la surface qu'une seule fois depuis le Grand Déluge.

Son dernier souvenir avait été ces eaux qui recouvraient jusqu'aux plus hauts sommets. Mais aujourd'hui, tout était tellement différent! La terre était rocailleuse et sèche; le Déluge était maintenant oublié par la nature même.

Il lui fallut marcher longtemps avant que le sable ne se transforme peu à peu en tapis vert, mais qu'était le temps pour un être immortel?

Partout où il passa pendant ce court voyage, Hadès put sentir l'empreinte de chaque Dieu. Ils lui étaient tellement étrangers, mais en voyant leur réalisation, il lui sembla qu'il les connaissait mieux. Les forêts d'Artémis, les mers de Poséidon, les cités d'Athéna et même les guerres d'Arès lui en apprenaient davantage sur l'essence des âmes qui aboutissaient dans son royaume.

Il avait pourtant oublié à quel point tout avait l'air réel en haut et pourtant, lui, voyait bien que cela ne l'était pas plus qu'aux Enfers.

Peut-être était-ce parce qu'il était leur seigneur dans la mort, mais Hadès croyait que seules les âmes étaient réelles. C'était pour cela qu'il était si terrible, nul mensonge ni aucune excuse n'étaient possibles de la part d'un mortel face à Hadès.

Rapidement lassé par cette orgueilleuse vie environnante, Hadès se dirigea vers l'une des entrées de son royaume. En fait, elle y était l'accès principal, près de la mer, située au cœur d'un bois de peupliers noirs. Déjà, l'aura du Pays Sombre était palpable alors qu'il déambulait sous les branches.

Mais il tendit l'oreille, car au loin se dessinait une mélodie. Une douce voix prenait forme au fur et à mesure que ses pas s'en approchaient, jusqu'à ce qu'il débouche sur une clairière.

Hadès, tapi derrière un tronc d'arbre, épia l'insouciante créature qui osait s'égayer au portail d'un lieu de mort. Elle ne pouvait le voir puisqu'il portait le casque qui avait le pouvoir de le rendre invisible, cadeau des Cyclopes au moment de la chute des Titans.

Une jeune femme chantait et virevoltait, foulant de ses pieds les plants de prêles. Hadès vit les fleurs s'épanouir sous ses pas. Un arôme de lavande s'échappait de ses lèvres fredonnant et ses bras dansaient comme le courant du ruisseau.

Elle était Déesse, cela ne faisait aucun doute. Et pourtant, Hadès n'avait pas eu vent de son existence.

Était-elle ingénue au point d'ignorer le pouvoir ténébreux qui séjournait en ce lieu?

Mais Hadès, à cette question, comprit que cette douce Déesse avait l'âme pure et qu'elle ne redoutait donc pas les émanations de la Mort.

« Seules les âmes sont réelles! »

Et voilà qu'il se trouvait devant la plus belle de toutes.

Terrifiante par sa limpidité et pourtant plaisante par sa légèreté. Il n'arrivait qu'à l'admirer, sans pouvoir bouger.

Mais comme celui qui découvre une pierre précieuse, Hadès voulut s'en parer et faire d'elle sa Reine.

Autant il était fait de roche et de feu, autant elle était faite de vent et d'eau. Son tempérament inexorable ne prenait tout son sens à ses yeux que face à la candeur de cette Déesse. S'il était à ce point ténébreux, il ne faisait plus aucun doute que c'était pour mieux compléter la luminosité qui se dégageait d'elle.

Il n'en tomba pas amoureux. Le Grand Hadès ne

savait pas encore ce qu'était l'amour. Et un Dieu ne connaissait que ce qu'il était. Mais il avait besoin d'elle. Éperdument!

Hadès attendait son frère, Zeus, aux abords du fleuve des Serments Irrévocables, le Styx. Il s'était orné des trésors des cavernes afin d'être en grand apparat pour accueillir celui qui avait libéré tous les Dieux du corps de Cronos, leur père.

« Qu'il a l'allure noble sur son char en or! » pensa Zeus en s'approchant de Hadès.

— Pour quel grave motif m'avez-vous mandé en si grande hâte Seigneur Hadès? questionna-t-il d'une voix sévère. Ne pouvez-vous pas comme chacun de nous veiller à vos propres besognes? Il me déplaît de venir ici et cela, vous le savez.

— Je n'implore pas votre indulgence, Roi de l'Olympe. Vous n'avez que trop peu souvent à vous soucier, tous, de mes pays.

— S'il n'y a point de soucis dans le Hadès, pourquoi m'importuner?

— Votre approbation m'est requise, ce qui fait de vous notre souverain, alors ne vous dérobez pas à ma demande, puisqu'elle est votre responsabilité, répondit Hadès.

— Soit! Je vous écoute. Que désire celui qui possède la Mort?

— Celle qui danse dans les prairies, la jeune

Déesse. Celle pour qui le Soleil s'enflamme, qui est-elle?

— Vous devez sans doute parler de Coré, fille de Déméter. Celle qui inspire toutes ces couleurs à sa mère, Déesse de la Nature.

— C'est celle-là même! Qui en a la charge?

— Son père se dresse devant toi! dit Zeus d'une voix tonitruante. Cette sotte vous a-t-elle contrarié?

— À sa manière elle l'a fait et je désire la prendre pour épouse divine.

Zeus paraissait impassible, mais une terreur grandissait au fond de son être; celle de prononcer un refus à Hadès. Car dans sa justesse il était plus terrifiant que Poséidon l'Impatient, qu'Arès le Pleurnichard ou qu'Héra la Grande Maîtresse des Dieux. Son frère avait la clé qui ouvrait les portes du Chaos et cachait au sein de son royaume des peuples plus anciens que les Olympiens. Mais il ne put réprimer un frisson d'horreur en imaginant la tendre et naïve Coré siégeant au trône du Tartare.

Sentant que Zeus tardait à lui répondre, Hadès remonta sur son char doré et darda d'un regard sombre son frère cadet.

— Ne me répondrez-vous pas? s'exclama-t-il. Devrais-je m'en référer à un autre, un qui détiendrait le vrai pouvoir décisionnel?

— Le Geôlier n'a pas à me parler ainsi! Faites donc ce qu'il vous plaît, pauvre fou! Et ne me faites plus quérir pour de pareilles futilités.

Hadès n'en attendit pas plus pour diriger ses chevaux vers la surface de la Terre.

Jamais Coré n'aurait cru qu'un jour elle puisse être dépossédée de sa joie, mais alors qu'elle était sans conscience, envahie par les ténèbres, elle perdit jusqu'à son nom.

Ce matin-là, elle se baignait dans les eaux argileuses d'une rivière encore fraîche, malgré la chaleur qui était accablante pour les animaux et les plantes. À la même rive s'abreuvait un renard soupçonneux, mais Coré s'approcha délicatement de lui en chantonnant un air aussi timide et scintillant que la rosée.

Seulement à la rose et à la rivière,

nous prêtons nos jeux légers.

Amies des Néréides aquatiques

nulle compagnie n'est souhaitée.

Amies des Hespérides florales

nulle intrusion n'est tolérée.

Aussi souples sont nos gratitudes

que se penche le roseau sous la menace.

Aussi denses sont nos rires
que l'amour que nous portent nos mères.

La bête s'était prélassée sous la main de la Déesse, se nourrissant de cette énergie. Comme sous l'effet d'un philtre d'amour, le renard gambada ensuite de bosquet en bosquet et jouant avec lui, Coré le suivit un moment, mais s'étant soudainement prise d'affection pour un étang, elle resta à l'admirer, s'étendant sur ses abords et bénissant par la fraîcheur de sa main les eaux stagnantes. Nées de ses doigts, les ondes l'apaisaient et lorsqu'elle s'y mira, son reflet évoquait davantage l'amour maternel que Déméter insufflait en chaque étang que sa propre image.

Cependant, Coré avait une conviction profonde. De honte, elle cachait cette pensée à sa mère; celle de croire qu'elle ne pouvait qu'être la Muse d'une Déesse, car elle possédait un pouvoir à elle, qui lui était de nature inconnue, néanmoins qu'elle sentait germer silencieusement. Parfois traversait en elle le sentiment farfelu qu'elle était maudite. Mais comment pouvait-elle l'être? elle, fille de parfum et de délectation, à la fois Déesse et « jeune fille » de par son nom « Coré », enfant lumineuse des couleurs et des mouvements. Sa beauté étant aussi généreuse que les fruits mûrs et son cœur aussi joyeux que ceux de jeunes daims, elle semblait prédestinée à l'insouciante vie que nourrissait la chance.

« Mais est-ce cela tout ce que j'ai à accomplir? »

Voilà d'où ce sentiment était né. Car ceux qui n'avancent pas prennent la route la plus longue qui soit.

Elle berça sa main, effleurant l'eau, jusqu'à ce que le Soleil soit à son plus haut. Et comme chaque fois qu'elle sentait son chemin lui échapper, sa lumière se tourna vers sa mère afin d'éclairer toute la bienfaisance de cet amour. Chaque merveille que Déméter avait créée lui semblait dédiée et pourtant tout cela y était bien avant son existence. Sa naissance ayant redonné un second souffle à la nature, sa beauté étant liée à la prospérité de celle-ci. C'était l'héritage que Déméter lui avait offert, elle ne pouvait que l'accepter tel qu'il était et lui en rendre grâce.

Et pour cela, comme à chaque journée, Coré entreprit de cueillir des fleurs afin de les offrir à sa mère. Déméter en créait chaque fois de plus belles afin de savourer la joie de sa fille lorsque celle-ci lui en trouvait une dont elle n'avait jamais encore senti le parfum. Ce moment était pour les deux Déesses leur plus grand bonheur. Et nul sur cette terre, aucune mère, aucune fille, ne partageait ce lien fabuleux qui les unissait, car il avait la particularité qui différenciait l'amour de la curiosité, la paix de l'ennui et un Dieu de l'humain.

Mais cette journée fut la dernière où Coré cueillit ces fleurs d'une main libre.

Il était là, sublime, unique; un narcisse se mirait dans les eaux peu profondes de l'étang. Autour de la fleur, les fougères courbaient leurs échines devant cette parfaite beauté. Aucun insecte n'aurait osé l'abîmer en s'ébattant sur ses pétales jaunes. Et ses émanations, de nature surnaturelle, aromatisaient la source d'eau, la transformant en bouillon de jouvence. Près de lui les autres narcisses ne semblaient que de vulgaires chardons dégoûtant la vue, car cette fleur était en effet Narcisse.

Celui qui autrefois, prit sous son propre charme fut lié à ce miroir transparent. Plus beau qu'un Mortel n'aurait dû l'être, à présent il était plus magnifique que ce que Déméter aurait pu créer.

Tremblotante de désir, la main de Coré se glissa à la base de la tige, effleurant ses feuilles, ressentant une volupté jamais égalée. Elle ne pouvait détacher son regard du reflet de son geste, préférant admirer le miroitement des pistils qui oscillaient au mouvement de ses doigts légers, car le vertige la prenait à regarder directement Narcisse.

Coré retint son souffle, trop longtemps peut-être, car son cœur palpita. Était-ce un crime que de cueillir cette merveille?

Malgré tout, il lui semblait essentiel d'offrir ce joyau végétal à sa mère. Mais était-ce sa propre pensée ou bien un pouvoir supérieur qui l'aimantait à cette fleur qui lui insufflait l'abominable acte à commettre? Suspendue à ses questionnements, pour la Déesse le temps s'était arrêté.

Et d'un geste brusque, elle trancha de ses doigts Narcisse, ce qui déclencha la fureur des Ténèbres.

Les éléments se déchaînèrent, fouettant le visage apeuré de Coré, qui sur la terre tremblante s'était agenouillée. L'étang bouillonnait à présent de colère et les rafales brisaient l'échine des arbres. La terre rocailleuse s'entrouvrit dans un effroyable vacarme.

« Qu'avait-elle fait, la pauvre idiote? »

Elle tenait d'une main crispée la fleur, clé d'un univers insoupçonné.

Et pourtant, le monde avait beau s'effondrer sous elle, jamais la lumière du Soleil n'avait vacillé dans ce ciel azur, indifférent aux ténèbres qui se dévoilaient.

Dans une brutalité explosive, quatre étalons noirs jaillirent de la crevasse qui avait embouti toute la nature environnante. À leur suite, un char incrusté de grenats et de rubis apparut, il ne s'arrêta pas même lorsqu'on lui empoigna férocement le poignet. Dans leur empressement, des ongles d'ivoire lui transpercèrent la peau. Et c'est aveuglée par la lumière d'Hélios le Soleil que Coré se sentit soulevée et entraînée dans les entrailles de Gaïa.

Lorsqu'elle reprit connaissance, elle fut prise de nausées persistantes et elle avait bien du mal à redresser sa tête, qui s'était abandonnée vers l'arrière tant la vitesse à laquelle le char se déplaçait était fulgurante.

Mais dans tout ce paysage flou, ces soubresauts, cette peur, seule une chose paraissait stable; de robustes bras la tenaient bien serrée contre un corps enveloppant et d'une puissance infaillible. Pour le moment, elle s'y sentit presque en sûreté même alors qu'il l'étouffait usant d'une violence immobile. Tout semblait vouloir lui arracher son ultime souffle et remplacer cette vie par la douleur.

Elle s'évanouit plusieurs fois sur le chemin qui les menait au cœur d'un royaume sombre, chaque fois s'éveillant en oubliant un peu plus sa nature profonde. Chaque fois desserrant davantage sa poigne sur Narcisse.

C'est seulement lorsque le char s'immobilisa que son âme fut saisie de terreur. Elle s'était projetée sur le sol, voulant fuir ou simplement par lassitude et devant elle, dans un plissement de tissu noir qui semblait interminable, un pied posa terre. S'élevait de toute sa hauteur, le Dieu des Enfers.

« Je ne suis plus qu'une fleur arrachée, l'âme décapitée. Souffre le nom de Coré qui cherche à s'échapper de mes souvenirs par l'entremise de mes lèvres. Il est pourtant la seule chose me restant qui soit non entachée. Il appelle sa libération et moi, je ne peux qu'appeler sa clémence ».

Si cela n'avait été que de la nuit qui tranquillement s'étendait, Déméter n'aurait pas été tracassée à ce point, mais c'est qu'en son cœur une pointe de terreur était née et ce ne pouvait être qu'avec raison, car elle n'avait pas encore vu sa fille aujourd'hui. Et lorsque Coré ne folâtrait pas dans les prairies ou au bord des rivières, elle était toujours à ses côtés.

Chaque feuille frissonnait de son absence en cette heure tardive et les cascades semblaient chuchoter plus fort à cette rumeur grandissante, car elles étaient les paroles de Déméter. Les rochers silencieux n'étaient plus émus par les chants de Coré car ils étaient son ouïe. Aucun champ d'orge ne sentait plus la foulée dansante de sa fille. Tout son royaume lui faisait part de la disparition de celle qu'ils adoraient. Celle pour qui leurs couleurs étaient si chatoyantes, leurs duvets si soyeux, leurs chairs si sucrées et leurs exhalaisons si enivrantes. Comment pouvait-elle s'être ainsi dissipée à ses éléments?

« Oh! Coré, ma fille adorée, pourquoi votre nom n'est-il pas soufflé jusqu'à moi? Ne suivez-vous pas les chemins du blé mûr pour vous guider, tel lorsque vous exploriez le monde les premières fois? »

Déjà une étoile scintillait non loin de l'horizon. Déméter était à présent enchaînée à son angoisse et n'aurait de cesse que lorsqu'elle aurait sa fille près d'elle.

Délaissant de son énergie les cultures sur lesquelles elle veillait constamment, elle entreprit de traverser les contrées avoisinantes en appelant son enfant. Comme réponse, elle ne reçut que les lamentations des créatures et des plantes qui apprirent que Coré était introuvable.

Les racines fouillaient la terre le plus profondément qu'elles le pouvaient, les oiseaux nocturnes épiaient dans la nuit les mouvements qu'aurait pu faire Coré. Le vent se leva afin d'explorer rapidement de hauts sommets, mais il n'avait senti le parfum incomparable de la Déesse nulle part.

La nuit passa sans qu'elle ait trouvé d'indices de la présence de sa fille. Elle déboucha, au matin, à l'orée d'un bois peuplé de Nymphes, où Coré avait l'habitude de séjourner. Des Dryades l'accueillirent en virevoltant, mais Déméter n'avait pas cœur à entrer dans la danse et son apathie fut remarquée.

— Ô Déesse des champs, celle qui de son pouvoir nourrit les Mortels, pourquoi cette profonde tristesse? sifflèrent de leur voix perchée les Nymphes. Qu'est-ce qui te pousse à pénétrer en notre domaine préservé des intrusions?

— Je n'ai nul secret à vous soutirer, mais j'en appelle à votre aide, répondit Déméter.

— Quelle magie que notre race détient sollicites-tu?

— Celle qui vous a fait compagnes de jeu de ma

fille, celle qui vous a liées à son amitié, tissant conjointement vos charmes. Elle s'est dérobée à ma protection et je suis sans ressource face à sa disparition. N'est-elle point sous l'enchantement de votre compagnie? Ne pouvez-vous m'indiquer dans quel bois de ce monde elle séjourne aux côtés de vos sœurs?

À ces mots les Hamadryades jaillirent des écorces enchantées de l'arbre auquel elles étaient liées. Elles encerclèrent Déméter en larmoyant, la difformité de leur nature semblable à une danse illusoire, tantôt femme, tantôt arbre, chevelures de fils dorés allant au feuillage du noyer.

— Quel mal existant a pu atteindre notre lumineuse Coré? Pleurèrent les Hamadryades.Nul envoûtement ne la retient près de nous, cela nous pouvons te l'assurer, car nous connaissons nos prisons.

— Jamais je n'aurais pu croire que vous lui feriez du tort, je ne pouvais qu'espérer la trouver s'amusant parmi vous. Mais que ne se trouble point l'eau de vos lacs, ni ne se dessèche votre joie ou que trébuchent vos pas dans la danse, car Coré ne peut que revenir près de moi, sauve. Que Gaïa sous vos pieds vous soit douce!

Quelques Nymphes l'accompagnèrent jusqu'à la frontière de leur contrée et ensuite se dissipèrent avec une certaine insouciance, toujours la marche et la pensée légère.

Mais voilà que Déméter ne savait plus vers qui se tourner, elle avait fait appel à tout ce qui était en lien avec Coré et n'avait elle-même pas beaucoup d'autres moyens pour la rechercher.

Exténuée, elle ne put que se résoudre à s'entretenir avec son frère, Zeus, se doutant bien que cette histoire allait l'ennuyer. Mais lorsqu'elle se retrouva devant lui, il parut agité, alors qu'elle lui annonça que Coré, leur fille, restait introuvable. Mais comme elle terminait son récit, il sembla s'être ressaisi et afficha son habituel air irrité.

— N'avez-vous pas d'autres occupations plus urgentes? Telles ces récoltes qui n'attendent pas. Coré est suffisamment clairvoyante pour cheminer seule à travers ses obstacles, dit-il en ne voulant point dramatiser la question. Elle ne peut être bien loin. Poussez plus avant vos recherches et vous ne tarderez pas à la trouver dormant paisiblement près d'une roseraie odorante ou sautillant sous une chute d'eau.

— Vous ne pouvez donc nullement me venir en aide? demanda Déméter implorante.

— Hélas! Je ne le puis et cela m'attriste. Laissez-la aller vers son destin qui n'est peut-être pas près de nous.

— Quels endroits ne peuvent être près de nous, puisque nous sommes Dieux, par tous les Enfers? Pourquoi son nom ne résonne plus en moi, vous a-t-il échappé aussi?

— Il n'a jamais été plus présent en moi que tous les autres noms, tel alors qu'il est pour vous. Mais je peux entendre son écho, elle est existante, j'en suis certain. Croyez-moi et retournez vaquer à vos responsabilités, dit Zeus sur un ton conciliant.

— Je ne peux encore m'y résoudre, mais garderais en moi votre confiance, répondit-elle avant de le quitter.

Alors seul, Zeus poussa un cri qui ravagea le ciel d'un éclair, maudissant cent fois Hadès.

Neuf jours et neuf nuits Déméter fouilla le monde à la recherche de Coré. Les profondes mers étant restées silencieuses à ses questions, elle avait dû faire appel à Amphirithe, épouse de Poséidon, pour recevoir l'aide des peuples marins. N'ayant pas ensuite d'autre solution, elle chercha dans chaque recoin des cités. Infectées et le repère de malveillance, chaque instant elle semblait dépérir au contact de ces civilisations. Partout où elle allait, dans chaque pays, on la réprouvait. Son culte s'effondrait, car les céréales pourrissaient sur pied et les arbres perdaient de leur vigueur, leurs feuilles brunissaient sans que personne y puisse rien. Ce fléau semblait gagner en proportion au rythme des fruits qui se putréfiaient quand ils étaient à peine à maturité et des sources d'eau qui s'asséchaient alors qu'il ne cessait de pleuvoir une grêle blessante.

Mais nulle trace de la jeune Déesse, ce qui l'emmena ensuite à explorer le firmament. Voyant toutes ces constellations, cette infinité monstrueuse, elle s'effondra de chagrin, pensant ne jamais revoir sa fille. Et la neuvième nuit prit fin.

Un pâle rayon de lumière se faufila dans l'ombre et bientôt le Soleil fut maître dans le ciel.

— Douce Déesse, pourquoi es-tu si loin de tes pays? demanda-t-il.

Déméter, vidée de toute force, ne fit aucun geste ni ne dit aucune parole. Le Soleil crut bon d'appeler le

Guérisseur. Et à eux deux, ils redonnèrent l'énergie dont avait besoin la Déesse. Ensuite, ils la transportèrent au milieu d'un grand champ, un des seuls encore verdoyants. Elle reprit ses esprits et devant ses bienfaiteurs, elle pleura, essayant d'inonder le vide sans fond que représentait la disparition de Coré.

— Ô Apollon le Guérisseur, Maître des Prophètes, ne pouvez-vous m'aider à retrouver ma fille, celle pour qui je vis? Ô Hélios le Soleil, celui qui voit tout, ne pouvez-vous pas m'indiquer la voie à suivre pour rejoindre celle qui inspire d'amour mon âme?

— J'ai vu quelle main a liée ta fille à cette absence, répondit Hélios. Je n'ai rien perdu de cette scène et nul ne m'a fait jurer de me taire. Ton dévouement me touche, aussi je parlerai.

Déméter tendit une oreille zélée à la révélation d'Hélios.

— Je brûlais d'admiration ce jour-là pour Coré, mes rayons la caressant sans s'en lasser. Je l'ai vu s'étendre près de l'étang, jadis celui où Narcisse fut piégé à son propre jeu. J'ai aussi vu son cœur tressaillir d'envie devant sa beauté, mais elle ne put s'en abstenir. La terre alors les dévora, elle et Narcisse, sous le commandement du Seigneur ténébreux. En personne, Hadès vint la ravir et referma derrière lui la possibilité de vous la rendre. Elle est maintenant aux Enfers!

Apollon s'empressa de réconforter tendrement Déméter, prise sous le choc de cette vérité. Le souffle coupé, elle gémit :

— Coré…

— Coré n'est plus à présent, dit Apollon d'une voix qui transforma son doux visage. Il paraissait maintenant sans amitié pour elle. Son nom est mort, la souffrance des Enfers étant trop présente autour d'elle. J'ai depuis longtemps semé la Grande Prophétie, votre fille en étant la graine. Elle ne peut plus être Coré, car depuis toujours elle devait être Perséphone, « celle qui cause la destruction ». Et plus rien à présent ne pourra empêcher cela d'être.

Jamais Hadès n'avait désiré une chose si ardemment. Et pendant les instants où il tenait Perséphone dans ses bras, il oublia les Enfers, il oublia à quel point il se haïssait. Il n'y avait qu'elle et l'exaltation de son pouvoir sur elle. Sa course effrénée au cœur des Enfers témoignait de l'euphorie qu'il ressentait.

Comme Perséphone avait été d'une pureté irréprochable à ce jour, il avait dû attendre qu'elle fasse une erreur pour que s'ouvre sous elle plus facilement le passage du Tartare. Sa patience n'eut pas à décliner, car rapidement Perséphone commit le sacrilège escompté en cueillant Narcisse et il avait pu lui-même cueillir la beauté de la Déesse.

Oh! Comme elle était fragile contre son torse!

Il aurait pu l'anéantir d'un vœu tant en ce moment elle était dépourvue de force et cette pensée lui procurait du plaisir. Il pouvait aussi la laisser choir sur ces terres brûlantes et la regarder dépérir. En imaginant sa beauté et sa lumière s'éteindre en agonie, il eut des frissons de délectation. Il la possédait en entier et bientôt elle serait sa reine pour l'éternité. Jouet de sa cruauté, témoin de sa gloire sur les Ténèbres et maintenant sur la Lumière.

Elle reprit conscience et il la resserra près de lui jusqu'à entendre une plainte d'étouffement, il maintint cet étau, impitoyablement.

Même lorsqu'elle perdit de nouveau connaissance, elle continuait d'avoir des spasmes d'effroi.

Son triomphe le poussa à traverser tous les pays des Enfers avec son char, afin d'étendre sa supériorité et de déguster cette nouvelle conquête. Jusqu'à ce qu'ils arrivent dans l'Érèbe.

Le char s'arrêta si brusquement que la poussière aride forma un brouillard qui cerna tout l'attelage. Alors qu'il se dissipait, Hadès lâcha sa proie lentement. Perséphone, ne tenant plus debout, s'écroula à la grande soif des cailloux acérés. Hadès ne fit aucun geste pour la retenir, ni même pour l'empêcher de se relever et de fuir. Fuir? Mais où? Car nul ne pouvait sortir du Hadès sans le consentement du Dieu ou d'une victoire sur Cerbère. C'était l'aboutissement de tout. Mais Perséphone n'avait osé concevoir de fuite et restait absolument tétanisée lorsque Hadès prit pied devant elle. Ses yeux plongèrent sans précaution dans ceux de la jeune Déesse. Elle ne cilla pas un instant, prise dans un tourbillon de frayeur qui pourtant se traduisait par une fascination époustouflante face à ce Maître des Ténèbres.

« Elle a les yeux colorés du pouvoir de Zeus, couleur de l'orage et du déluge, pensa Hadès, et les lèvres, tel un volcan en colère, couleur du Phlégéthon; les cheveux d'or et dansants comme les cultures de céréales. Elle est à présent aussi attrayante et faible qu'une fleur d'asphodèle. »

Car la beauté qu'il chérissait en elle était cette pâle et jeune soumission qu'elle dégageait, inanimée et irréversible comme la mort, inconsciente et transparente comme l'éternité.

Elle était un pur joyau!

Et pourtant elle avait changé, elle ne pouvait plus être ce qu'elle était jadis et elle le savait. Car son regard ne plaidait pas la liberté, il montrait l'acceptation, un infini et triste regard de consentement.

Jouait-elle de courage avec lui? Ne semblait-il pas plus menaçant que cela?

Ha! Finalement, elle baissa la tête, la susceptibilité du Dieu s'en portant mieux.

Toutefois, elle releva doucement le menton, avec hardiesse, mais précaution, le cernant de ses longs cils papillotants et dit avec douceur, comme retenant un sanglot :

— Que désirez-vous de plus que ma mort, à rester ainsi devant moi, Seigneur Noir? Ne voyez-vous pas que rien d'autre d'obscur ne peut être extrait de mon âme que ce que vous avez déjà pris de force?

Hadès resta silencieux et semblait plus attentif à son attitude qu'à ses paroles. Elle était à ses pieds et pourtant elle avait l'air aussi grande que lui tant sa bravoure était immense de lui adresser ces mots.

— Ce que vous désirez, vous ne pouvez l'avoir, ajouta-t-elle, car les vertus qui m'habitent ne peuvent être volées et ce que vous récolterez de moi ne seront que les semences de votre propre déchéance.

Comment osait-elle lui refuser sa sujétion! Que savait-elle de lui? Rien. Elle ne connaissait pas les mystères sur lesquels il était maître, elle était sourde au secret qu'il avait appris. Elle n'était que jeune et égoïste, ne s'étant jamais souciée des malheurs infernaux avant qu'elle-même n'en souffre. Son âme ne reluisait donc que d'une lumière de pacotille? Avait-il été charmé aussi stupidement qu'un paysan l'est par une Nymphe? Il eut un rictus de dédain pour cette Déesse insignifiante. Maugréant contre lui-même de cette fantaisie qui lui avait pris, mais davantage contre elle de n'être point si fragile et malléable. Il lui tourna le dos et avança vers son char afin de reprendre les rênes.

— Oh! Hadès! Ne m'abandonnez pas seule ici, implora-t-elle spontanément, le regard plein d'eau en tâtant le sol désagréable de ses blanches mains.

« Hadès » son nom prononcé dans sa si délicieuse bouche le fit frémir d'un sentiment jusqu'alors inconnu. Et lorsqu'elle lui tendit le bras pour qu'il l'attire vers lui, il fut pris pour la première fois de peur. D'un réflexe il fit claquer la bride et détala en laissant Perséphone sur place.

Hadès n'arrivait plus à mettre ses pensées en ordre. Il avait bien vu, mais était-ce possible? Alors qu'elle lui avait tendu la main, elle l'avait fait, non pas en esclave, mais bien en égale, demandant une chose d'un geste conscient, d'un geste qui ne fut pas repoussé par sa nature noire. Il l'avait désirée comme un bijou de plus à son trésor, désirée comme un défi. Néanmoins, à l'instant, il n'oublia pas qu'il voulait en faire sa reine, mais une reine impuissante, sa lumière muselée. Et voilà qu'elle était « Perséphone », courageuse dans sa vulnérabilité, puissante dans sa compassion. Il pensait que si elle frémissait tant de peur, se devait être le Tartare qu'elle craignait et non lui. C'était bien la première fois, même Zeus à présent avait peur de lui. Il avait bien de la difficulté à accepter l'idée qu'elle puisse être sa digne reine et non seulement un apparat, mais ce qui était certain, c'était qu'elle l'avait touchée à un endroit où jamais personne ne l'avait fait. « Il est bien cruel le Roi des Enfers », mais cette phrase perdait peu à peu son sens lorsque Hadès entreprit de se la graver plus profondément en lui.

Perséphone se réveilla là où Hadès l'avait délaissée. Non pas qu'elle ne se souvenait plus de son réel cauchemar, mais elle ne put qu'admirer le spectacle qui s'offrait à elle. Non loin de ce tertre de grès incisifs qui l'avait néanmoins épargnée, s'écoulait le Léthé, fleuve de l'Oubli. Ces eaux mirobolantes, trop fluides pour vraiment couler avec continuité, reflétaient toute l'impermanence des souvenirs des Mortels. Sous un immense cyprès blanc, s'entassaient des milliers d'âmes venues boire cette désolation, car rien ici, ni fruit, ni aucune racine, n'avait le pouvoir de les nourrir, mis à part leur propre oubli. Mais Perséphone qui ne connaissait rien aux Enfers, ne put que rester bouche bée devant ce fleuve dont elle n'avait encore jamais vu de semblable, et malgré sa captivité il n'arrivait pas à lui être désagréable. Il était pourtant quelque peut déconcertant de regarder ces âmes qui semblaient l'ignorer tant elles étaient préoccupées par leur propre deuil.

Combien de temps était-elle restée seule ici? Elle n'en savait rien. Alors qu'elle se releva, elle se sentit capable de marcher vers son destin. Ce n'est que lorsqu'elle regarda ce qu'elle avait cru être une montagne qu'elle prit conscience de ce que son sort impliquait, car Hadès l'avait déposée au portail de son château.

Il était tout ce que le palais de l'Olympe n'était pas, et pourtant nul n'aurait pu les dissocier par l'autorité qu'ils influençaient sur leurs pays, par leurs éclats de richesse ou par la projection de leur magie respective tant ils étaient de puissances égales.

Mais alors qu'elle allait s'avancer sous l'arche, elle entendit une voix derrière elle :

— Vous n'avez point goûté l'eau de l'Oubli?

Elle pivota avec incertitude vers cet homme à l'allure noble et à la voix apaisante qui s'était assis dos contre un rocher de quartz.

— Vous verrez, vous ne pourrez plus vous en passer, car le vide de l'Oubli est moins misérable que les souvenirs inachevés que la mort a dérobés, ajouta-t-il suite à la timide négation de Perséphone.

— Qui êtes-vous? osa-t-elle demander, car il ne lui semblait pas antipathique.

Il se leva et s'avança jusqu'à lui faire face.

— Je suis Hypnos, prince des Enfers. J'ai plein pouvoir sur les rêves de toute créature vivante, se présenta-t-il avec fierté. J'ai veillé sur vous, alors que je plaçais le sommeil en votre corps fatigué. Et vous, que je n'ai pu en admirer de plus belle, je vous retourne la question?

— Je ne sais qui je suis ici, mais j'étais fille de la moisson dans le monde qui surplombe celui-ci.

— Je ne sais pas plus qui vous êtes, mais j'ai épié votre courage face à Hadès et je n'ai pu que sourire à son désarroi lorsqu'il prit la fuite devant la plus inoffensive des créatures. Mais il ne tardera pas à revenir, attendons-le alors que je vous fais visiter le palais.

Ne voyant pas d'autre choix s'offrir à elle, elle avança aux côtés de Hypnos. Elle avait le pas incertain comme l'est celui d'un enfant impressionné. Face à cet empire de mort et de regret, elle ne se sentait plus Déesse, mais peut-être voyait-elle plus clair à présent qu'elle n'était plus sous le choc, car il lui semblait que rien n'était tangible dans ce monde obscur, mais captivant. Il planait un silence solennel aux alentours de cet escalier anormalement désertique, mais Perséphone savait que d'innombrables créatures infernales les épiaient dans l'ombre. Elle avait peur bien sûr, mais elle se surprit à réaliser qu'eux aussi avaient peur d'elle. Peut-être n'avait-elle rien perdu de son pouvoir pourtant habituellement considéré avec dérision. Pour la plupart, elle n'était pas bien plus qu'une Nymphe.

Mais alors que Hypnos la guida vers l'intérieur, une ombre bougea derrière une des colonnes qui cintraient l'entrée. Et un Dieu à l'allure nonchalante s'adossa à ce pilier que des dizaines de fossiles enlaidissaient.

Hypnos et lui étaient tous deux de taille identique et semblaient tels des princes dans cet univers terne et illusoire.

Il resta immobile et arrogant, attendant que son frère lui dise ce qu'il lui disait toujours.

— Vous, ici?

Hypnos sembla réfléchir un instant et ensuite une lueur de compréhension traversa ses yeux.

— N'y pensez même pas, laissez là! dit-il défiant maladroitement le nouveau venu.

— Oh, mais je ne compte pas vous enlever ce qui vous appartient, mais voilà une jeune femme qui semble manquer de compagnie.

Perséphone fit quelques pas de côté, ne voulant pas se laisser approcher par ce Dieu qui dégageait une malveillance malgré sa grande aisance à sourire.

— Nous sommes vos hôtes, pourquoi cette frayeur? Nous pouvons certainement vous aider à retrouver votre chemin. Ou peut-être faire de ce chemin le vôtre, dit le Dieu encapuchonné en lui frôlant la chevelure de ses mains. Il avait dans sa voix une note d'avidité.

— N'entendez-vous pas déjà au loin Hadès revenir sur son char? Cessez ce jeu, car il est plus dangereux que l'air innocent qu'il dégage, dit Hypnos, d'un ton trop implorant pour que son frère l'écoute.

Elle avait été amenée de force au Tartare et pourtant n'avait pas le droit d'y être, elle le comprenait en voyant la suspicion du jeune seigneur qui se faisait de plus en plus menaçant. Et comme elle ne pouvait mourir, elle appréhendait ce qu'il avait l'intention de lui faire sans pourtant savoir ce que cela pouvait être. Mais elle ne pouvait s'enfuir, ni l'attendrir, car son âme était aussi rigide que celle de Hadès. Elle ne savait que répondre et bientôt elle ne put réfléchir à cela, car un tumulte grandissait alors que le Dieu déploya sa cape en levant les bras vers le haut. Elle releva la tête et ne put retenir un gémissement en voyant des dizaines de Harpies leur tourner autour, entraînant derrière elles un vent fétide. Leurs cris stridents étaient la pire des choses qu'elle avait entendues et cela la blessait même si elle protégeait ses oreilles de ses mains, car ils torturaient l'âme. Mais les créatures au corps de vautour et à la tête plus affreuse encore que celle des Gorgones, dotées d'une poitrine infectée de tumeurs et déchirées par les griffes de leurs sœurs, s'arrêtèrent de hurler et s'envolèrent en hâte en se cognant les unes contre les autres alors qu'elles disparurent dans les grottes perchées de chaque côté du palais.

Perséphone vit les Dieux se questionner du regard

jusqu'à ce qu'ils entendent leur nom.

— Thanatos, Hypnos!

Hadès venait d'apparaître à l'endroit où il avait laissé Perséphone. Il semblait furieux. Il dit, en s'approchant avec détermination :

— Mes fils, partez! Et je ne veux plus jamais vous voir rôder près d'elle, il en va de ma rémission.

— Oui père! dit Hypnos en mimant la désolation.

Mais Thanatos ne répondit point, ni ne fit un pas pour s'éloigner de Perséphone. C'est elle qui se mit de côté les laissant se défier.

— Elle n'est pas morte père, elle ne doit pas rester ici, laissez-moi faire ce qui doit être fait.

— La mort n'est rien pour une Déesse, occupez-vous plutôt de vos tâches et reprenez votre orgueil avec vous.

— Nul orgueil là où il y a vérité, dit Thanatos. N'avez-vous jamais compris père, que c'est moi, « la Mort » que les Mortels craignent? Et là où il y a peur, il y a pouvoir.

— Obéissez-moi Boucher! explosa de fureur Hadès.

Thanatos imité de Hypnos, « le Sommeil », fit une révérence en signe de soumission et ils partirent en silence, alors que Hadès essaya de se calmer, ne désirant pas effrayer Perséphone.

— Excusez ma colère! lui dit-il alors qu'il lui tendit la main, comme pour répondre au geste qu'elle lui avait fait auparavant, mais cette fois elle ne vint pas vers lui et elle fixait le sol.

Alors d'un mouvement brusque, il lui serra le haut du bras et l'attira vers lui.

— Vous êtes mienne, alors ne vous refusez pas à moi, dit-il d'un ton sec.

Mais Perséphone n'eut aucun regard pour lui, ni aucune plainte. Il la lâcha donc doucement, voyant l'excès de son geste et c'est alors qu'elle demanda :

— N'avez-vous pas un havre à me donner dans votre palais afin que je puisse me rétablir?

— Tout ce que vous souhaitez, je vous l'offrirai. Lorsque vous serez reposée, je vous ferai visiter les merveilles des Enfers, du Styx aux Îles Fortunées, réservées aux trois fois nés. Vous vivrez dans des beautés et un pouvoir que jamais vous n'avez pu concevoir et pour vous je…

— Je ne désire que d'être auprès de ma mère, dit-elle comme elle aurait prononcé un souhait.

Le visage de Hadès se referma et il murmura de rage :

— Ça jamais!

Perséphone se réveilla, l'esprit en sursaut, mais le corps tout en lenteur. Elle pouvait entendre dans l'écho du rêve qui s'achevait, la voix empoisonnée de Thanatos lui murmurer des paroles obscènes, mais parallèlement, lorsqu'elle ferma légèrement les paupières, elle imagina les yeux insondables, ensorcelants de Hypnos, chassant la menace omniprésente de son frère. Elle respira profondément et sa confusion cessa. Elle fut surprise de constater qu'elle était reposée et lavée de ses écorchures.

Elle observa la chambre qu'on lui avait attribuée. En y pénétrant, elle avait été si triste d'être séparée de sa mère pour toujours que ses larmes ne lui avaient permis que de mettre un pied devant l'autre, la rendant aveugle à ce qui l'entourait.

Elle était étendue sur une couche bourrée de duvet. Et comme aux Enfers la température était à la mesure des sentiments, nulle couverture, nulle aération, nulle flamme n'aurait pu venir réchauffer son cœur, pourtant tout cela était présent. La pièce, immense, était étouffante tant elle était portée par des poutres ciselées avec austérité. Et sur le mur le plus grand était illustrée, en mosaïque, la chute des Titans.

Elle se leva pour en admirer tous les détails. Cette fresque avait toutes les qualités de celles que l'on trouvait dans le monde bleu des Mortels et des Dieux de l'Olympe. Nulle fantaisie morbide ou prédominance de torture n'apparaissait dans cette image; seulement la chute des Fondateurs dans toute son ampleur. Et pourtant, tant de fois elle s'était imaginé les Enfers tels que tous les concevaient. Un monde qui de par son pouvoir tentait de supplanter toutes les beautés, n'acceptant que ce qui naissait de la peur et de la cruauté. Un monde de lave en fusion et de chairs pourrissantes, un monde injuste où les Dieux n'avaient pas de contrôle sur eux-mêmes, s'amusant à étendre le chaos jusque dans le cœur des vivants.

Mais voilà qu'avec richesse et dignité avait été conçue cette œuvre. Et ce n'était pas dans un cachot putride qu'on l'avait amenée, mais dans une chambre confortable, intime et à l'envergure de sa noblesse.

Elle sursauta lorsque l'on pénétra dans la pièce en faisant pour seul bruit celui d'un pas léger sur les dalles de marbre rosé.

La vieille femme qui se tenait devant elle, avec dans les mains une coupe où fumait en abondance de l'encens, ne semblait pas désolée de l'avoir surprise, mais dit avec une dureté masquée d'une réelle gentillesse :

— Je savais que j'allais vous trouver sur pied.

Perséphone aurait bien voulu demander l'identité de cette femme, mais celle-ci s'avança directement vers elle et fit des ronds de ses bras tendus, entourant la jeune Déesse de fumée odorante.

— Qu'au cœur des Enfers germent votre douceur et votre beauté! invoqua-t-elle.

— Nulle beauté ne peut germer ici-bas, répondit tristement Perséphone.

— Vous connaissez mal les Enfers! Et vous connaissez mal aussi, celle que vous prenez pour une vieille servante.

— Une prisonnière n'a pas de servante.

— Mais une reine peut avoir une amie, répondit la femme plus doucement, qui, malgré ses cheveux argentés ne paraissait pas plus âgée que Déméter. Je suis Hécate, la Magicienne et l'on m'a priée de prendre soin de vous. J'ai veillé et lavé votre corps et bientôt Hadès vous fera visiter son royaume. Vous n'avez rien à craindre de moi et que votre Lune soit claire ou sombre, votre esprit poussé vers la Vérité, la folie ou les Ténèbres, je serai apte à vous accompagner, car je suis ce carrefour dans lequel vous vous trouvez.

— Ne pouvez-vous donc pas m'aider à retrouver le chemin vers ma mère alors? demanda Perséphone avec un espoir inattendu. Vous semblez connaître les secrets de ce pays.

— Je ne connais nul secret, sauf ce qui forge l'essence de leur mystère, et ce pays n'est pas le mien. Seulement, ma présence, tout comme celle de Hadès et bientôt de la vôtre, n'est pas désirée à l'Olympe. Mais je connais les affres du Labyrinthe et votre place est maintenant ici. Depuis très longtemps que les Enfers attendaient une reine. Je ne peux vous aider à réaliser votre désir. Mais je veillerai à votre confort belle enfant, dit Hécate en lui baisant la joue.

— Mais c'est impossible, dit Perséphone la gorge sèche. Je ne puis être reine de ces lieux. Et par quel consentement cela s'est-il produit?

— Oh! Mais par la seule force de la volonté de Hadès, répondit Hécate en ne laissant transparaître aucune injustice dans le ton de sa voix.

Perséphone se détourna de la Déesse en serrant les poings, qui semblaient pourtant plus chétifs ainsi.

— Je le hais! Je le hais tant! Je pourrais bien appeler sur lui toutes les malédictions, celles dont les noms ne sont point inconnus de mon lignage.

— Les malédictions ne détruisent l'existence que de ceux qui les lancent.

— Noire Hécate, vos paroles sont telles que tous les méprisent, et je n'ai pas à écouter les conseils de ceux qui ont choisi la nuit.

— Ceux qui ont choisi la nuit? répéta Hécate en intimidant par sa voix grave Perséphone qui recula jusqu'au lit.

Ses cheveux reluisants s'enroulèrent autour de ses maigres bras. Et des langues de feu jaillirent de la pointe de ses tresses qui étaient à présent métamorphosées en serpents ondulants, menaçant la jeune femme qui s'étendit de peur sur sa couche. La tunique d'Hécate ne pouvant plus contenir sa poitrine qui grossissait à en devenir énorme, elle se l'arracha brusquement et peu à peu, son torse se couvrit d'une multitude de seins gonflés de lait. Elle leva les bras au-dessus de sa tête afin d'accueillir les esprits qui s'étaient immédiatement engouffrés par la plus haute des fenêtres. Par dizaine, ils vinrent se nourrir du lait sacré de la Déesse. Toutes des magiciennes ou des prêtresses de ses temples, se chamaillant comme des louveteaux pour avoir la chance de téter à ses poitrines généreuses.

Les yeux d'Hécate, tels deux puits d'oracle se couvrirent d'un voile surnaturel et elle dit :

— Choisissent la nuit ceux qui en ont peur, mais comprennent la nuit ceux qui la protègent. Je suis la Gardienne des Mondes et non une vulgaire Harpie. J'ai invoqué notre courage et celui des Mortels à être entier face à la Lumière et aux Ténèbres et tous n'ont su que se lamenter lâchement face à cette tâche. Ne m'accusez pas de ce que vous ne pouvez discerner, si de plus vous avez la prétention de pouvoir pointer vers moi le doigt qui connaît le mystère, celui dont je suis reine. Mais Perséphone, vous qui causez la destruction, acceptez mon soutien et ma protection.

Hécate ordonna aux esprits de se retirer et ils partirent. Elle s'approcha encore plus près de Perséphone, mais celle-ci était terrorisée et recroquevillée sur elle-même.

Non, elle ne pouvait pas être de ceux qu'on craignait, se dit-elle, elle adorée de tous. Ils viendront probablement la chercher. Ceux qui l'aiment la retrouveront et l'emmèneront loin d'ici.

— Ils peuvent vous emmener loin d'ici, mais jamais plus ils ne pourront vous éloigner de vous-même Perséphone, dit Hécate, car elle avait le pouvoir de lire dans les pensées.

Son regard s'adoucit et les serpents disparurent en sifflant et tout en lui tendant les mains, Hécate redevint comme lorsqu'elle s'était présentée. Mais Perséphone l'ignora, ne pouvant que sangloter au creux de son bras. Alors patiemment, Hécate lui caressa la tête lorsqu'elle s'assit tout près d'elle. Après quelque temps ainsi, Perséphone se blottit sur les cuisses de la vieille femme qui lui chantonnait un air.

Marée d'amour, marée de cendre

la Lune danse à ce rythme.

Celle qui porte la Balance

ne peut délester un côté par son allégeance.

Son cœur doit avoir la force de sa tâche

et pourtant n'avoir nulle volonté.

Perséphone s'assit ensuite bien droite, le visage calme et sec, et elle parut bien jeune ou peut-être infiniment vieille lorsqu'elle dit :

— Par tous les Univers, mais qui suis-je?

— Je sais que votre âme est celle qui prit mille fois le chemin des Îles Fortunées, répondit Hécate en hésitant un tant soit peu.

— Les Îles Fortunées? Que sont-elles?

— Demain vous le saurez.

Hécate qui ne semblait pas vouloir en dire plus se leva et après l'avoir débarrassée de l'urne qui contenait l'eau de ses ablutions, elle se dirigea vers la sortie.

— Demain je vous conduirai à Hadès, dit-elle à Perséphone.

Celle-ci, maîtrisant sa curiosité, ne posa pas plus de questions, mais s'inclina légèrement en lançant un timide, mais clair remerciement.

— Hécate! appela-t-elle en pénétrant dans le couloir.

La Déesse s'arrêta et observa Perséphone la questionnant d'un sourire.

— Je suis heureuse de savoir que la Reine du Tartare a pour amie la Grande Hécate, annonça Perséphone d'un ton officieux et pourtant touchant.

Hadès avait commencé par lui montrer l'endroit où toutes les âmes allaient lorsque leurs enveloppes mortelles n'étaient que cendres. Ce qu'eux nommaient la fin, était pour lui le commencement.

— D'où viennent les âmes? demanda Perséphone avec naïveté.

Hadès ria. Cela faisait déjà deux fois depuis cette visite à peine entamée qu'elle l'avait fait rire par sa curiosité enfantine et son ignorance attachante. Elle ne s'en offensa pas, bien au contraire, ses joues se fardaient de la teinte du sourire timide.

— Cela, pas même les Titans ne le savent. Mais c'est aux Enfers qu'elles vont!

Il avait repris son ton endurci par la vocation. Souvent il lui faisait volte-face, redevenant impitoyable après un amusement passager, refermant brusquement son cœur aux charmes de Perséphone, qui, par sa simple présence délicate, ébranlait les souffrances de Hadès.

— Regardez comme elles sont nombreuses, ainsi entassées sur l'autre rive. Car voilà que coule à nos pieds, le Styx, de toute sa majesté. Le fleuve qu'ils doivent traverser pour pénétrer en mon royaume.

Perséphone, les yeux écarquillés d'étonnement, admira ces âmes fantomatiques, couronnées de fleurs de jusquiames, se masser au abord de l'eau. Elle entendit un cor sonner. Car un Mortel nouvellement arrivé avait soufflé de toute sa force dans le cor qui pendait à la branche d'un arbre. Une panique se fit sentir parmi les âmes, mais elles ne fuirent pas, au contraire elles se pressèrent davantage autour de l'unique quai qui flottait en émettant des grincements lugubres. Elle vit Charron le Passeur, ce vieux rameur famélique, traverser les eaux noires du Styx, lentement, le rythme de ses bras défiant toute patience des Mortels. Et lorsque Charron s'amarra, les âmes se lamentèrent en hurlant devant le Passeur et en déversant tout leur immense désespoir, coloré de leurs souffrances les plus atroces. Mais Charron ne faisant pas attention à eux se dirigea directement, le dos courbé et le regard cerné, devant celui qui avait fait sonner le cor.

— As-tu de quoi payer ton droit de passage?

Voilà tout ce qu'il demandait. Par chance, l'âme du Mortel lui tendit deux pièces d'or. Charron les mit rapidement dans sa bourse, car à la vue de l'or, les autres s'étaient précipités sur la main fortunée. Mais le rameur les ignora, même lorsqu'en conduisant son passager sur sa barque, les âmes les plus en détresse firent sonner inlassablement le cor, mais il était trop tard, l'embarcation traversait déjà le Styx.

— Mais c'est horrible! s'exclama Perséphone. Pourquoi ne les fait-il pas traverser aussi? Il faut lui dire, vous êtes son maître non?

— Charron ne fait passer que ceux qui peuvent payer en ayant eu des rites funèbres, sinon ils restent sur la berge éternellement ou vont hanter le monde des Mortels. Et n'espérez pas changer des lois immuables par la seule indignation de votre voix. Vous n'avez aucun pouvoir ici, dit Hadès le nez retroussé de dédain.

Elle poussa un soupir qui révéla sa frustration d'être ainsi rabrouée.

— Alors, partons, car je ne me complais pas tel que vous à regarder ce spectacle désolant, dit-elle en se plantant devant lui sans osciller.

— Vous devrez vous y habituer, tout ici n'est que désolation. Car ici ne survit que le mal, la peur et le regret que nous y apportons, et rien d'autre. Les Mortels craignent ces lieux, mais c'est eux, par leurs défaillances, qui en font un Enfer, tel qu'ils consacrent leur vie à ravager leur monde pourtant régi par tant de Dieux de Lumière. Par leur sens inné de leur primauté, ils détruisent sans relâche, sans possible guérison le chemin de leur mort, et le cœur de son Dieu.

Hadès bougea ses lèvres frémissantes comme s'il désirait se confier davantage, mais il se ravisa. Elle ne dit rien, mais balança sa tête sur le côté comme pour pouvoir mieux cerner cette vérité que Hadès exprimait. Et alors qu'il lui enlaça les épaules pour la conduire loin du Styx, elle lui dit tout bas :

— Je suis désolée! Vous ne…

— Vous n'avez pas à l'être et votre pitié serait plus profitable sur votre propre sort, jeune orgueilleuse. Vous croyez vraiment que vos mains peuvent contenir le sang d'une humanité sans que nul n'en soit éclaboussé. Voyez comme ils aiment leur misère, entassés sans dignité autour d'une barque. Comment ils tiennent à pénétrer dans le pays qu'ils ont tant fui. Voyez comme leur infortune vous colore les joues d'innocence. Comment vous aimez qu'il en soit ainsi afin que votre raison d'exister ne soit que la simplicité de la félicité, rien de plus, et pourtant voilà qu'elle vous suffit. Voyez comme les hommes se font souffrir pour que vos pas aient la grâce de la pureté. Et voyez comment les hommes ravagent les hymens de leurs sœurs pour que votre virginité soit un trésor et comment ils haïssent et dévastent cette nature puissante afin que soit priée votre chère mère à chaque insignifiance qu'elle crée. Leurs malheurs ont construit votre bonheur et vous vous permettez en plus de leur faire sentir votre pitié?

— Assez!

Perséphone s'était effondrée sur un tronc d'arbre. Elle s'était bouché les oreilles de ses paumes et son visage était trempé de larmes, sans pourtant que s'entende sursauter sa gorge de pleurs.

— Assez! Vous avez l'âme aussi noire que la robe du corbeau et votre chant de destruction est d'aussi mauvais présage. Si je n'ai que ma pitié à vous offrir, c'est que vous ne m'inspirez rien d'autre. Voilà tel que le grand Hadès apparaît à mes yeux!

Hadès, interloqué, se détourna d'elle. De la pitié

pour lui? Avait-elle le regard si perçant qu'elle avait vu dans son cœur, sa condition misérable, pitoyable? De la pitié, nul n'en éprouvait jamais pour lui. Et ces mots suffirent presque à l'anéantir sous ses tonnes de meurtrissures. Mais il se concentra sur ses Enfers et son doute se dissipa. Celui, parfois oppressant, que cette femme pouvait lui offrir un bien inestimable et qu'elle avait les clés de sa libération. Oh! Comme il la haïssait!

— Levez-vous et rendez-vous au moins digne de votre prétention! Vous n'avez pas encore vu ce que tous craignent de la mort; l'Érèbe, dit Hadès en lui tendant la main.

Elle sécha ses larmes et se releva avec dignité. Sans accepter la main de Hadès, elle grimpa dans son char en l'ignorant.

— Ne vous méprenez pas, cette main n'était pas le pont d'un pardon, lui lança Hadès.

— Et la mort non le pont de la destruction. Vous m'avez tuée de nombreuses fois et pourtant je n'ai pas peur de vous. Amenez-moi à l'Érèbe!

Elle aperçut le château du Tartare non loin d'où Hadès lui désigna une colline. Des centaines d'âmes attendaient éparses sur le flanc de la montée, mais en regardant mieux elle distingua en fait trois groupes qui près du sommet se terminaient en rangées. Trois trônes surplombaient avec autorité la scène.

— L'Érèbe, le pays du Jugement! dit Hadès avec une note de gravité.

— Le Jugement? répéta Perséphone tout bas.

— Il y a trois Juges, tous des fils bâtards de Zeus, que lui-même a choisis pour s'acquitter de cette tâche, ayant prouvé leur droiture et leur fermeté : Éaque, ancien Roi des Myrmidons, juge les Occidentaux; Rhadamanthe, les Orientaux et celui du milieu, le Roi Minos de Crète s'occupe des cas difficiles, car il a l'esprit aussi tranchant qu'une lame et pourtant son cœur a aimé sur la Terre des Mortels. Il connaît les lois de Zeus mieux que quiconque.

— Ce n'est pas vous qui régissez ces lois? Celui qui est le Maître dans la mort?

Perséphone semblait déçue, ou peut-être n'était-ce que de l'incompréhension.

Hadès eut un rictus de sarcasme et regarda tout autour de lui.

— Non, je n'ai aucun pouvoir en ces lieux. Comme vous, je n'ai pas décidé ni désiré être ici. Il y a longtemps, Zeus m'y envoya afin d'en être le gardien, car nul n'acceptait d'obscurcir son cœur. Puisque Zeus nous avait tous libéré, je lui devais mon existence et donc obéissance. Et pourtant, si j'avais su que je perdrais plus que cela…

Perséphone eut la sagesse cette fois de ne rien dire, mais son cœur avait chaviré face aux regrets de Hadès. Était-ce possible qu'une brèche se fût ouverte, comme le feu fait fondre le métal? Car sinon pourquoi en cet instant en voulait-elle à son père?

— Et maintenant, tous, même Zeus, craignent ce que je représente.

Perséphone dit de sa plus douce voix :

44

— Combien de fois faudra-t-il que je vous dise que je ne vous crains pas?

— Je ne me lasserai jamais de l'entendre, même si je me dois d'être craint. De vous seule j'accepterai ces mots, répondit Hadès calmement, bien qu'elle eut pu voir ses émotions déferler dans son regard.

Elle lutta contre elle-même pour ne pas se blottir dans ses bras si pleins de chagrin, afin qu'il puisse sentir autre chose que du remord, mais elle n'osa s'y aventurer. Alors, elle resta immobile, l'air distant, elle ne se permit qu'un mince sourire, mais elle avait bien du mal à ne pas s'humecter les lèvres de ce désir.

— C'est donc devant ces rois que nos âmes à tous sont jugées afin de savoir quelle direction elles doivent prendre. Vérité et mensonge, voilà les deux penchants de cette balance invisible. Et elle danse sous le poids de leurs actions; bonté ou destruction, courage ou lâcheté, sagesse ou folie. Vous connaissez le Léthé, fleuve de l'Oubli, c'est celui qui coule derrière mon château. Son eau limpide est douce et légère comme le vent. Elle coule sans bruit comme le fait l'huile. Par endroits il n'est pas plus large qu'un ruisseau, mais les lâches, ceux qui sont terrifiés à l'idée d'affronter les conséquences de leurs actes, viennent s'y abreuver d'oubli. Comme il doit être difficile d'étancher cette soif! Certains y resteront indéfiniment.

— N'y avez-vous jamais goûté?

— Maintes fois j'en ai été tenté, mais lorsque je vois ces Mortels vidés de tout sens, prisonnier de leur amnésie, mes pas vont à reculons face à ce gouffre limpide.

— Et que font ceux-là? demanda-t-elle en pointant un groupe qui était massé sous un peuplier qui protégeait

45

à sa base un étang sombre et sans mouvement dont la surface reflétait les images aussi fidèlement qu'un miroir.

— C'est l'eau de Mémoire. Seuls les Initiés peuvent boire à cet étang. Hécate connaît son mystère, mais aucun Initié n'a le droit de révéler le secret de cette eau. Ils sont bien peu nombreux depuis un certain temps. Mais ils connaissent l'heure de leur ascension sur la colline et d'eux-mêmes se retirent de la protection du Peuplier Blanc, où nulle créature maléfique n'a le droit de semer la tourmente.

— Mais qui sont-ils? Des Mortels?

— Parfois ils ont été de simples Mortels. Mais un jour Hécate m'a révélé que certains étaient d'anciens Dieux oubliés de tous.

— Peut-être pourrions-nous leur demander?

— Ne vous avisez pas de le faire, répondit Hadès, menaçant. Même si je connaissais leur origine, je ne vous en dirais pas plus.

Mais Perséphone continua de s'étirer le cou pour mieux les voir, mais finalement lança un regard d'obéissance à son ravisseur.

— Je n'avais pas cru qu'ici la Lumière pouvait côtoyer d'aussi près les Ténèbres, dit-elle. Les Enfers ne représentent rien de mal à mes yeux à présent, seulement la mort. Pourquoi toute cette peur?

— Mais parce que la misère et la haine habitent leurs esprits de Mortels, mais non le vôtre.

— Alors vous, comment voyez-vous cette terre, ce pays?

— Je ne le vois pas, dit Hadès en hochant la tête à la négative. Je suis tel qu'il est. Mes yeux ne voient qu'insipidités, illusions, mirages, mais mon cœur lui est teinté de la même essence que le Tartare et se transforme avec lui sous le regard que les Mortels portent sur ce lieu. Gardien de mes propres chaînes, témoin de la plus grande souffrance...

— Ainsi, c'est vrai, il y a de la Lumière en vous! Je peux la voir, dit Perséphone sur un ton de défi.

— Vous n'avez rien compris! Elle n'est que le reflet de la vôtre, qui bientôt s'éteindra, car vous serez la Reine des Enfers et votre âme deviendra aussi noire que leur peur est grande.

— Non, je ne vous crois pas. Je suis certaine que c'est pour cela que vous m'avez enlevée. Parce que vous avez peur et que vous êtes seul. Et que vous ne pouvez boire ni l'eau de Mémoire, ni l'eau de l'Oubli.

— Mais taisez-vous! s'exclama Hadès avec rage. Vous ne savez rien!

Il lui serra le poignet à lui couper la circulation et la traîna derrière lui. Perséphone se débattit un peu, ne voulant pas être entraînée de force. Il gravit la colline et les dirigea vers une arche faite de cadavres putréfiés. Ils étaient devant la deuxième des trois portes, celles qui mènent aux mondes souterrains. Elle opposa une plus grande résistance, mais elle trébucha. Hadès la releva sauvagement par les cheveux. Il pressa alors ses lèvres contre son oreille, mais elle ne put entendre ce qu'il lui dit, car elle gémissait de peur et n'avait senti que sa salive envahir son ouïe. Comment pouvait-il être si cruel avec elle? Plus il se dévoilait à elle, plus il la blessait par ses paroles envenimées et la maltraitait de son imposante carrure. Elle s'était crue assez forte pour lui tenir tête, mais lorsqu'il la poussa sous l'arche, elle défaillit. Elle avait passé le portail des Plaines du Châtiment. Elle revécut, au moment où elle avait cueilli Narcisse, l'angoisse pressante d'être vidée de toute clarté. Elle avait atterri dans ce pays à quatre pattes et elle ne pouvait que rester estomaquée. Son premier réflexe fut de rechercher du regard la présence néanmoins rassurante de Hadès. Mais elle était seule. Elle eut un haut-le-cœur lorsqu'elle constata que le sol était en fait un marécage d'organes pourrissants et ce contact la remit sur ses deux pieds en un sursaut. Elle tituba, encore égarée par la passation sous l'arche, ou peut-être était-ce ce vent en rafale insensée qui transportait avec rage l'odeur infectée des pires immondices. Ce qui lui semblait un ciel était en fait le théâtre rougeoyant des souffrances d'une vie, de sa vie, et de plus la torture augmentait lorsque le tableau de son existence se transformait parfois, montrant des horreurs qui ne s'étaient jamais passées, mais elle n'était plus certaine de cette vérité et alors son cœur fut entaché d'actes violents qui n'avaient pourtant jamais existé. Atteinte, comme tous ceux qui aboutissaient ici d'une folie démentielle, elle ajouta son cri suraigu à tous ceux qui étaient poussés ici en permanence et qui, lorsqu'on tendait l'oreille, constituaient un chant perpétuel, le chant des Plaines du Châtiment.

Hadès avait attendu pour passer la porte des Enfers Rouges, car il voulait qu'elle sache. Voilà de quoi il était roi, sur quelle abomination il devait gouverner et montrer un semblant de fierté; les Plaines du Châtiment. Là où les âmes malveillantes sont prisonnières jusqu'à la fin des temps et peut-être plus longtemps encore. Mais là n'était pas la place de Perséphone et puisque son âme était pure, elle n'en aurait qu'une pâle vision, même s'il avait aimé pouvoir l'y laisser, afin de la punir, afin qu'elle souffre comme lui. Il respira profondément avant de traverser, il y avait longtemps qu'il n'était pas passé sous l'arche du milieu. Il s'en délecterait comme jamais, là-bas il était puissant et terrifiant.

Perséphone, traumatisée par les images que cette voûte pernicieuse allait puiser dans ses mémoires et craintes, mit du temps à constater la véritable présence du Dieu. Chaque ciel était unique face à une âme et Hadès ne pouvait voir les angoisses de sa reine, mais il connaissait le pouvoir obscur de sa tâche. Elle avait le regard affolé et le sol l'avait couverte de taches brunâtres et grouillantes d'une vie malsaine. Mais lorsqu'elle sentit ses bras lui entourer les hanches, elle sut que Hadès l'avait rejointe et que ce n'était pas un mirage. Elle se retourna pour lui faire face et se réfugier à son épaule, puis elle dit plusieurs fois en pleurant :

— Je ne savais pas, je ne savais pas!

Elle se sentait si petite, comme s'il avait pu la tenir dans sa paume. Elle n'avait d'autre réconfort en ce lieu que Hadès, qui malgré tout lui semblait plus fort que l'obscurité infernale de cet espace de perdition. Elle pleura sans retenue dans ses bras, étouffant son visage sur sa poitrine afin de ne plus être le jouet de ses sens en répulsion. Mais les caresses d'apaisement de Hadès se transformèrent en étreinte pressante. Elle leva la tête vers lui pour essayer de déchiffrer son expression, mais elle n'eut pas à s'y attarder pour comprendre la bassesse de ses mains intruses. Elle voulut reculer d'un pas pour se défaire de son enlacement, mais il passa son bras derrière son cou et la retint prisonnière. Elle n'avait pas la force. Elle ne pouvait lutter contre ce pays et contre son ravisseur d'un même souffle. Aussi elle n'eut qu'une petite plainte d'appréhension. Il prit de ses doigts indélicats le menton de Perséphone et apposa brusquement ses lèvres sur celles encore virginales de sa reine. Elle s'y refusa, détournant le visage, mais Hadès leva la main et la regardant directement dans les yeux, il la gifla de toutes ses forces, de toute la force du vent qui fouettait les Plaines. Il n'attendit pas qu'elle reprenne ses esprits, ses ongles s'agrippèrent dans la robe blanche de Perséphone et il tira sauvagement, déchirant le tissu jusqu'à sa taille. Il était animé d'une ferveur qu'elle ne lui connaissait pas. Il voulait la posséder dans ce lieu d'horreur, elle le comprit lorsqu'il lui saisit la croupe, qu'il l'agenouilla et la retourna avec violence. Elle était joue contre terre et de répulsion, tressaillit, les yeux exorbités de peur, le cœur plein de haine pour celui qui n'avait cessé de la souiller depuis sa descente au Tartare. Elle ne put, que par la parole, crier son désarroi face à ce qui allait s'ensuivre.

— Non, je vous en prie! Pitié!

Hadès arrêta de l'immobiliser aussitôt et ne fit plus aucun geste, ne touchant pas à sa virginité, car il avait entendu dans ces mots ce qu'il avait recherché, la peur.

— Je suis Hadès le Terrifiant, cela ne l'oubliez jamais! proclama-t-il en reprenant son souffle.

Elle avait dans les yeux, la gratitude livide du condamné qui obtient un sursis et ensuite elle pleura tout son saoul, alors qu'il l'observait silencieusement du haut de sa domination victorieuse. Mais comme au bout d'un moment c'était au-delà de ce que sa dignité pouvait encaisser, pour la première fois, une larme parcourut la joue de Hadès et il comprit en cet instant que tout le mal qu'il lui faisait, il se le faisait à lui-même.

Perséphone s'anima un peu, mais Hadès continua

avec délicatesse de nettoyer son corps pâle et fragile. Il l'avait transporté alors qu'elle gisait dans une inconscience des plus atroces à l'entrée des Plaines du Châtiment jusqu'aux abords de ce ruisseau. Elle n'avait pas vu qu'il avait pleuré, larmes de braise sur un visage de glace. Mais lorsque ses paupières hésitaient à dévoiler un paysage infernal, elle aperçut dans cette brume de doute, le visage de Hadès penché sur son épaule. C'était bien lui, néanmoins sa présence n'écrasait plus sa lumière, elle n'était d'aucune façon horripilée à son contact. Lorsqu'elle avait ouvert les yeux, il s'était respectueusement reculé. Pourtant, il retrempa le bout de sa toge afin de débarrasser Perséphone de l'immonde matière dont elle était enduite de son séjour aux Plaines et de ce geste, nettoyer sa propre honte. Elle était si présente, qu'il ne pouvait plus se nommer Roi, même des Enfers, car il respectait néanmoins ceux-ci. Et puisqu'ils n'étaient pas que ténèbres et qu'il avait voulu le démontrer à sa reine, peut-être davantage pour se purifier lui-même de cette bassesse, il l'avait amené au cœur des Champs Élysées. Elle n'en était pas encore consciente, il le voyait bien, mais son corps semblait réceptif à la beauté qui émanait de ce paradis, paradis à l'intérieur des Enfers.

Il lui déplia gentiment le bras et tordant le tissu, fit couler l'eau tiède et parfumée sur les contusions de la jeune Déesse. Hadès n'avait aucune envie de briser la douceur de ce moment, aussi après l'avoir lavée de sa visite au Tartare rouge, il plongea sa main dans les boucles blondes et soyeuses de Perséphone. Dès l'instant où il l'avait entendu chanter la première fois, il avait désiré sentir le parfum de cette chevelure d'or et vivre le rêve des Champs Élysées. À cette pensée, il retira brusquement ses doigts, non sans tirer quelques mèches de cheveux. Il était Hadès! Et il ne devait pas rêver, car sa tâche exigeait dureté.

Perséphone s'assit en sursaut en portant la main à sa tête. Elle avait senti la maladresse de Hadès et du même coup se souvint du traitement qu'il lui avait fait subir. Elle replia alors ses genoux sur son torse et pivota légèrement, elle ne pouvait que le craindre en cet instant.

Cela le blessa plus que ce qu'il n'aurait cru. Son long visage aux traits sévères, ses larges yeux de braise, ses lèvres inanimées, étrangement mises en valeur par sa barbe noire, tout se paralysa à la vue de la frayeur éprouvée par Perséphone. La seule dont il n'aurait pas voulu de peur; la seule dont il avait peur!

Tout d'abord, il crut qu'elle allait pleurer, mais elle n'en fit rien, car elle dit après s'être détendue :

— En ce jour, vous êtes mort aussi; nous ne pouvons que renaître.

Il cacha instinctivement sa honte de ses paumes un long moment.

— Mais jamais je ne pourrai vous haïr autant que vous vous haïssez, ajouta-t-elle en prenant une de ses mains dans les siennes. Cette main je l'embrasse, car c'est votre lumière que j'embrasse et l'autre qui détient votre souffrance n'a de sœur qu'en ma pitié. Tel sera ce qui vous éloignera de ce que vous désirez. Le chemin qui me mènera à vous pardonner n'est rien d'autre que celui qui vous sépare de votre propre cœur.

Perséphone déposa un baiser des plus délicats sur le revers de la main qu'elle desserra lentement.

En cet instant précis, il la regarda comme la digne fille de Zeus, Roi des Dieux de l'Olympe. Et cet acte était à ses yeux plus courageux que les chasses d'Artémis, plus rempli d'amour que les danses d'Aphrodite, plus sage que les allégeances d'Athéna et sans comparaison à l'entêtement de Héra. Par ce baiser sa dignité lui fut rendue et en l'acceptant il avait offert ses excuses, qu'il n'arrivait toutefois pas à formuler. Ils se regardèrent d'un œil non pas nouveau, mais des plus anciens, défiant leurs destins si différents de retrouver un lien perdu.

Hadès, d'une fierté peu égalée au courant de la visite de ses pays dit à Perséphone :

— Par notre union, voici votre royaume; les Champs Élysées!

Il admira, satisfait de l'effet produit, Perséphone se relever et s'exclamer de stupeur devant la beauté et la promesse de béatitude qu'offrait la vue des Champs Élysées sur lesquels elle n'avait pas encore posé le regard. Au contraire des Plaines du Châtiment, qui pour le supplicié semblaient vides d'autres âmes, excepté les démons et enfants monstrueux du Tartare qui y habitaient, aux Champs Élysées personne n'y était seul, mais chacun avait l'espace qu'il désirait. Aucune impression n'était le fruit d'un hasard aléatoire, mais bien les besoins et gratifications exacts pour une âme en paix. La nature y était splendide et luxuriante, plus scintillante que celle des bois peuplés de Nymphes, mais jamais étouffante. Les Champs étaient baignés de nuances de lumière qui étaient un mélange de celle du jour et de l'éclat des âmes qui séjournaient en ces lieux.

— La Porte d'Or est celle qui mène ici. C'est le chemin des âmes vertueuses. Elles peuvent rester éternellement ici. Mais les Champs n'étant pas une prison, si une âme désire se réincarner, cela lui est permis. Rares sont celles qui délaisseront tous les plaisirs de l'Élysée, expliqua Hadès.

— Ce paradis ne peut-il pas conduire à quelconque vice? Corrompre les esprits plus faibles ou envoyés ici sur un mauvais jugement? demanda Perséphone sans le regarder, obnubilée par les arbres fruitiers à la fois en floraison et porteurs de fruits mûrs. Elle l'attira vers ceux-ci la démarche dansante.

— Il est étonnant de constater qu'autant vous vous obstinez à voir la clarté dans l'ombre du Hadès, vous mettez en doute la pureté des Champs Élysées, dit-il un peu moqueur. D'où, bien sûr, la justesse nécessaire des jugements proclamés et la responsabilité que j'ai à maintenir cet ordre. Les Enfers n'ont jamais été chaotiques sous mon règne, ils ne sont que le miroir de mort qui reflète la vie.

— Pourrais-je venir ici autant qu'il me plaira? demanda Perséphone, ayant à peine écouté la réponse du roi, tant elle était excitée.

Hadès cueillit une grenade en s'étirant au plus haut, l'éventra de ses doigts puissants et en offrit la moitié à la Déesse.

— Chaque fois que vous en aurez le désir! Vous êtes libre d'aller et venir à votre gré dans mon royaume, répondit-il.

— Jamais je n'aurais cru cela possible! C'est encore plus beau que les bois d'Enna où j'ai grandi!

Elle dégusta les pépins rosés du fruit, se colorant les lèvres de fantaisie.

— Viendrez-vous avec moi? demanda-t-elle.

Il se sentait vieux en cet instant, vieux et ennuyant.

— La plupart du temps, je le passe à l'Érèbe, je viens trop peu souvent ici. Me plaisent encore davantage les Champs d'Asphodèles.

— Que sont-ils?

— L'Arche d'Argent… pour les âmes qui ne sont ni bonnes ni mauvaises, ou pour ces héros qui ont fait couler trop de sang pour que leurs bienfaits leur ouvrent les Champs Élysées. À perte de vue ne poussent que des asphodèles, des petites fleurs blanches aux allures fantomatiques. Tout, là-bas, est dénué de substance, même les pensées n'y sont rien. J'y médite souvent. Dans ces champs, je me sens plus libre de l'emprise qu'ont les Enfers sur moi.

— Nous pourrions nous y rendre et revenir ensuite ici, proposa Perséphone, heureuse qu'il se confie à elle aussi librement.

Il sembla réfléchir tout en jetant la pelure du fruit au loin.

— Non, j'ai une chose à vous montrer d'abord.

Intriguée, elle acquiesça.

— La seule façon d'y aller est par le lac qui se trouve derrière la colline au loin. Je ne suis allé là-bas qu'une seule fois, avec Hécate. Mais vous, vous y êtes allée mille fois. C'est du moins ce qu'on m'a raconté, dit Hadès.

— Les Îles Fortunées, chuchota Perséphone.

Alors que leur barque avançait au gré d'un courant invisible sur les eaux tranquilles d'un lac où on ne voyait pas la rive opposée, Hadès lui raconta l'histoire mystérieuse de ces Îles qu'on appelait aussi les Îles Bienheureuses.

— Jadis, seuls les Champs Élysées accueillaient les âmes bienveillantes, jusqu'à ce qu'Hécate, gardienne des clés et secrets de tous les passages, découvre les Îles Fortunées. Elles sont constituées d'un éther inconnu de nos mondes. Les seuls à y pénétrer sont ceux qui par trois fois sont morts et ont mérité le chemin des Champs Élysées. Trois réincarnations couronnées d'allégresse invitent Hécate à vous accueillir en ces Îles protégées d'un voile de mystère aussi opaque qu'un mur d'airain. C'est là-bas que je vous ai vu la première fois. Et ensuite j'ai oublié…

— Mais comment est-ce possible?

— Je ne saurais en dire davantage, soyez patiente!

Une vapeur chaude et suffocante s'installa rapidement autour de l'embarcation, alors que le courant se faisait tapageur, les secouant de tout côté.

— Je… je ne désire pas y aller! Hadès, partons! Qu'y a-t-il au-delà de cette brume?

— Seulement un énorme puits. La chute n'est plus loin!

— La chute? dit-elle apeurée. Ces Îles… n'en sont pas, j'ai raison?

Hadès éclata de rire, un rire qui fit froid dans le dos de Perséphone. Mais il réussit à dire :

— Il n'y a pas plus d'Îles que de pardon au Tartare!

Et soudain ce fut le néant.

Ils furent aspirés au centre d'un tourbillon frénétique. C'était pire que de mourir, c'était ne plus exister. C'était du moins ce que Perséphone avait cru alors qu'elle ne voyait plus ni barque ni lac autour d'elle. Il n'y avait que du vide et pourtant il était plus dense que tout ce qu'elle avait connu. C'était comme l'obscurité de l'infini, mais rien n'était obscur en cet endroit ni lumineux d'ailleurs. Cela lui donnait l'impression de cristaux, alors qu'elle était la couleur qui teintait cet univers.

« Hadès l'avait-il piégée? » se demanda-t-elle.

Elle avait eu si peur aux Plaines du Châtiment, mais elle avait le pressentiment oppressant qu'elle avait à craindre quelque chose d'encore plus effroyable ici.

— Il n'y a que vous-même que vous puissiez craindre aux Îles Fortunées, lui dit Hadès, s'adressant directement à son esprit.

Elle ne savait trop où il était, néanmoins elle le sentait très près, jusqu'à ce qu'elle sache en son cœur qu'elle était ce bleu et lui ce rouge qui flottaient autour d'elle, car lorsqu'il avait parlé, c'était comme un souffle violet qui l'avait pénétrée. Ils n'existaient que partiellement ici, car ils étaient aussi tous les Bienheureux qui y séjournaient.

C'était la plus désagréable sensation qu'elle n'avait jamais ressentie.

Toutefois, ça ne devait pas être la première fois qu'elle s'aventurait ici, car rapidement des esprits comme le sien l'encerclèrent de toute part. Elle tenta de se réfugier en se fondant dans la force de Hadès, mais lui était fier de l'avoir emmenée, aussi l'exhibait-il un peu. Elle ne pouvait se dérober.

Et ils commencèrent à dire entre eux, comme un murmure d'excitation :

— C'est bien elle! La Terrifiante est ici! Elle est revenue!

Tous ceux qui l'encerclaient lui firent une longue révérence commune.

Perséphone fut très perplexe en sentant ces âmes qui l'accueillaient.

— Bienvenue à toi! La Gardienne Hécate nous avait avertis de ton arrivée imminente. Et nous te saluons aussi Seigneur l'Invisible, tu reviens en bien bonne compagnie, tel que tu nous avais quittés, entendit-elle être prononcé.

Cette hospitalité avait au moins dissipé sa peur, mais elle ne put se contenir plus longtemps.

— Je ne me souviens pas être jamais venu ici. Qui êtes-vous donc?

— En ce lieu nous sommes toutes sœurs d'âmes, répondirent-elles. Mais tu es Princesse de ces Îles, car mille fois tu as séjourné dans le royaume Bienheureux. Tu es la Terrifiante et il est temps!

À ce nom elle frémit, elle qui avait été Coré avant qu'elle ne soit dérobée à ses jeux innocents. Comment pouvait-elle être pressentie pour une si lourde tâche, car c'était bien de cela qu'il s'agissait, de devoir ou de ce que les Mortels appelaient la Destinée. « La Terrifiante » était comme un tremblement de terre qui effondrait ses plus solides parois.

— Je ne suis pas celle que vous croyez… il y a une méprise.

— Il ne fait plus aucun doute qu'il s'agisse bien de toi, car ton salut résidera encore dans ton courage à affronter ton essence. Et l'Invisible t'a retrouvée, guidé par la vision.

Hadès ne s'était donc pas trompé. Il avait vu juste, alors qu'elle avait dansé sous les peupliers noirs. Elle était celle qui lui avait été montrée en traversant le sentier des Miroirs. L'endroit où même un aveugle voyait la vérité et la globalité. S'étaient mêlées pour lui les visons des Enfers, sa captivité, celle enchaînée à la plus haute tour du palais de l'Olympe ou encore celles, insensées, de ce qui semblait un futur ou un passé improbable.

Il avait su qu'il était question de lui, toutefois dans l'instant il n'avait pu transposer ces images invisibles dans sa conscience, sauf quelques-unes et en particulier celle d'une femme magnifique.

Cela s'était passé très peu de temps après que sa tâche aux Enfers ait été désignée. Mais Hécate lui en avait soufflé secrètement une autre, celle, lorsqu'il aurait trouvé cette femme, de lui faire traverser le cercle des Miroirs. Et pourtant pendant cette éternité écoulée, jamais il ne l'avait cherchée, elle n'avait plus été qu'un rêve imposé à son esprit.

Mais aux Plaines du Châtiment, il s'était souvenu.

— Comment aurais-je pu perdre le chemin des Îles si j'y suis Princesse? demanda Perséphone hésitante. Comment puis-je être en lien avec Hadès, si nos natures sont si lointaines?

Hadès fut blessé à ces mots. Toutes ces fois où elle

avait voulu lui montrer sa Lumière, toutes ces fois où elle avait tenté de tisser un lien complexe entre eux n'étaient pour lui maintenant que mensonge, car trop facilement elle se dissociait de lui. Elle lui avait donc menti pour pouvoir jouer avec lui et ses faiblesses, car elle avait peur. Elle l'avait charmé, comme le faisait une Naïade et à présent elle tentait ici, aux Îles Fortunées de se débarrasser de lui.

Mais pourquoi aurait-il voulu qu'il en soit autrement?

Deux âmes sœurs près de lui l'étreignirent avec douceur, car elles avaient entendu son raisonnement et lui murmurèrent :

— Parce que celui qui est détesté de tous veut être aimé! Et ce n'est pas mentir, de ne pas savoir qui l'on est. Sois patient, car l'épreuve ne tardera plus pour celle qui t'est liée.

Et elles dirent à l'intention de Perséphone :

— Ta naïveté est un présent qui s'est transformé en fardeau. Crois-tu que ce que La Terrifiante doit accomplir soit moins obscur que ce que tu lis dans les yeux de l'Invisible? Car Perséphone, « celle qui cause la destruction », doit en effet détruire et elle doit commencer par elle-même! Et tu devras t'affronter seule! Ton échec ne peut qu'être, car l'échec détruit.

Perséphone ne comprenait pas pourquoi toutes prenaient ainsi la défense de celui qui l'avait faite prisonnière. Elle allait résister, poser d'autres questions, mais elle fut prise de court devant ce qui se produisit. Elle avait pourtant été avertie, mais elle n'était pas prête, pas maintenant, elle ressentait cruellement l'insuffisance de cette imploration.

Tous avaient disparu, elle était seule, mais là où les âmes s'étaient regroupées, l'encerclaient à présent autant de miroirs. Sans failles, sans issues, ils étaient disposés. D'abord, elle sursauta, car ce cristal ne la reflétait pas, toutefois elle se savait au centre de cette étrange prison.

Seulement alors elle comprit ce qui unissait les Îles Fortunées aux Plaines du Châtiment; cette voûte de cristal était la même que le ciel sanglant des Plaines. Allait-elle y voir la même torture? Elle l'avait vu une fois, elle pouvait le regarder encore. Elle s'assit sereinement, acceptant et défiant à la fois l'épreuve qui était commencée. Mais rien ne s'y reflétait, pas même un brouillard nébuleux. Puis elle se souvint que ce n'était pas contre ces miroirs qu'elle devait se battre, mais bien contre elle-même. Elle s'arma donc du nom dans lequel elle avait confiance.

— Je suis Coré, prononça-t-elle clairement.

Et elle vacilla sous l'onde projetée de l'image. Car jamais elle n'avait vu un démon aussi horrible et pourtant il avait ses traits et sa voix lorsqu'il dit : « Je suis Coré ».

Une langue de feu la pénétra, mais elle tint bon, car elle connaissait à présent les pièges des Enfers, elle ne devait pas oublier où elle se trouvait.

Soudain les images défilèrent avec une vitesse et une puissance quasi insoutenable.

Elle poignardait Hadès avec rage, mais plus elle frappait, plus sa robe se tachait de son propre sang, alors que Hadès lui se transformait en Soleil, inatteignable, pour qu'ensuite elle règne seule et aussi laide qu'une harpie, assise sur le trône du Tartare.

Mais Perséphone ferma les yeux et les lèvres crispées, réaffirma :

— Je suis Coré!

Les couleurs changèrent, le vert remplaça le rouge et sa mère apparut. Elle l'étreignait à présent et Perséphone crut que la magie de Déméter était venue la secourir. Elle sentait les fleurs de lys blanc et ses baisers avaient le goût du miel. Elle se sentait si bien! Elle était protégée et là était sa place, dans les champs de culture où la vie croissait, où sa mère régnait. Mais alors qu'elle voulut resserrer son étreinte, avec fermeté les mains de Déméter lui tenaient la figure, elle disait en pleurant :

— Pourquoi m'avez-vous trahie? Je vous aimais tant. Pourquoi détruisez-vous tout ce que j'ai construit?

Alors derrière elle, les champs se desséchèrent et un gel meurtrier s'étendit sur tous les lieux de beauté et de vie. Déméter s'éloigna de sa fille et disparue sans se retourner, oubliant cette vision de destruction.

Les miroirs redevinrent translucides et calmes, laissant Perséphone à elle-même. Elle se releva et essuya ses larmes de tristesse sans se hâter. Elle ne semblait pas apeurée, l'épreuve était terminée.

— Jamais je ne laisserai cela se produire! cria-t-elle.

Elle avait échoué!

Avait-il échoué pour si peu? se demanda Zeus. Avait-il échoué seulement parce qu'il n'avait su comment dire non à son frère?

Sous ses yeux l'humanité agonisait. Le froid s'était

répandu tel un raz de marée mortel. La nature s'était tuée elle-même de désespoir après la disparition de Coré. À peine quelques semaines s'étaient écoulées, mais les greniers étaient déjà vides, les provisions mangées par des insectes, les puits à sec et les troupeaux décimés par la famine et le gel. Bientôt les hommes se dévoreront entre eux et tous étaient impuissants à consoler Déméter, qui par son entêtement causera leur perte. Sa tristesse allait devenir un plus grand cataclysme que le Déluge, celui qu'il avait lui-même ordonné. Mais la vie avait pu retrouver le chemin sous les eaux, le gel lui, fauchait impitoyablement tout. Les Dieux de l'Olympe avaient tour à tour essayé de raisonner Déméter, la suppliant ou la menaçant, mais elle-même se mourait et n'était que peu réceptive à leurs arguments. Il était de son devoir de préserver les Mortels contre les passions volcaniques de ceux auprès de qui il était roi. Et il ne voyait qu'une façon de le faire. Celle de confronter son erreur et son propre entêtement. Car neuf jours après que Coré fut enlevée, Déméter était venue réclamer sa fille. Lui qui plus tôt avait nié savoir où se trouvait la jeune Déesse, lui avait alors menti en ne dévoilant pas qu'elle était auprès de Hadès, ce qu'elle ne manqua pas de lui rappeler. Mais il lui avait affirmé qu'il ne se permettrait pas de déclencher la colère des Enfers, pour une simple imprudence. Déméter rivalisait à présent de colère et elle était très forte.

Il la trouva étendue dans la neige au milieu de conifères qui tentaient désespérément de garder leur verdure. On lui avait fait part de son état, mais il ne s'était pas attendu à retrouver dans les yeux de Déméter le même froid craquant qui s'était abattu sur le monde, lorsqu'il lui adressa ces mots :

— Déméter, nous avons à parler!

— Notre fille est aux Enfers et vous vous voulez qu'on parle? dit-elle mécontente, bien qu'elle n'ait plus assez de force pour laisser libre cours à sa fureur. Vos mots pour moi n'ont été que mensonge, car vous saviez où Coré se trouvait et pourtant j'ai dû l'apprendre d'Hélios. Laissez-moi à ma tristesse et repartez vers un pays plus clément.

— Il n'y a plus de terre vivante Déméter! Tout sol est devenu le désert de votre peine. Les hommes se meurent au jeu de votre chantage.

— Votre méprise tue l'amour que j'ai pour ma fille, car je n'ai plus rien à offrir à la nature, ce n'est pas un choix, mais le reflet de ma décrépitude. Rien ne peut m'être soutiré, puisque sans Coré je n'ai rien. Personne ne peut plus changer cela et Hadès se moque bien de voir notre monde mourir et geler, il n'en fera que moins chaud aux Enfers.

— Mais je peux encore aller défier Hadès de mon autorité, seulement j'aurais besoin de votre appui, dit Zeus. Vous devez trouver la force de réclamer votre fille aux chaînes du Tartare. Car ayant moi-même donné mon consentement, je ne peux le faire.

Une mince lueur d'espoir traversa les traits vieillis de Déméter et sous son corps, loin sous la neige et la glace, germa soudainement une robuste graine.

Déméter n'était jamais allée au bord du Styx ni ne s'était trouvée aussi près du pays de la mort qu'en ce moment, attendant avec Zeus celui qu'ils avaient réclamé. Peut-être était-ce sa fatigue, mais elle était secouée par de violents frissons de répulsion. Ils avaient envoyé Hermès afin de délivrer le message de leurs exigences, et bientôt ils entendirent des chevaux hennirent au loin. Déméter chercha en vain la main de Zeus de ses doigts tremblants, elle allait devoir affronter Hadès en personne, mais pour l'amour de sa fille elle s'en sentait la force. L'Olympe était avec elle. Mais lorsqu'elle vit sa douce Coré descendre du char, acceptant la main de son ravisseur afin qu'il l'aide à faire ce pas, elle n'eut pour désir que de la serrer dans ses bras, perdant ainsi son sang-froid. Perséphone, un sourire larmoyant sur le visage, courut en hâte vers sa mère lui octroyer ce désir.

— Oh! Coré! Ma vie! Votre passage dans la mort a eu raison de mon pouvoir, et c'est comme réapprendre à respirer que de desserrer mon étreinte.

— Mère, je me sens fautive même sans vos blâmes. Comment pourrez-vous me pardonner l'amour que vous me portez? Celui que j'ai également pour vous. Mais peut-être devrez-vous réapprendre aussi à être aimée de votre fille, car elle n'est plus Coré, mais Perséphone à présent.

— Votre cœur est aussi pur que celui d'une Nymphe, cette innocence peut être retrouvée si vous revenez à mes côtés, dit Déméter pour consoler Perséphone.

— Lorsqu'une Nymphe perd son innocence, cela lui est toujours fatal, répondit-elle, comme si elle n'avait pas voulu être encore comparée à cette peuplade.

— C'est surtout fatal pour celui qui vole ce joyau, dit Déméter en se tournant vers Hadès, qui s'était mis un peu en retrait. J'exige que vous me rendiez ma fille et que plus jamais vous n'osiez même penser à elle. J'aurais aussi suggéré à l'Olympe de punir la main honteuse du ravisseur, mais je ne désire pas la guerre, seulement la libération de ma fille.

— Je n'ai été coupable que par votre ignorance, puisque Zeus m'autorisa Perséphone. Par la magie des Enfers, elle est à présent Reine du Tartare, dit Hadès.

Perséphone sortit de l'étreinte de sa mère et baissa la tête, ne pouvant soutenir son regard d'imploration, mêlé de désapprobation.

— Mais en ce jour Hadès, c'est l'Olympe qui vous somme de rendre Perséphone à ses prairies, les conséquences seront alors désastreuses si vous ne vous soumettez pas à la volonté de Déméter, dit Zeus d'une voix qui grondait comme l'orage.

— Et qu'allez-vous faire? Quel monstre allez-vous lâcher sur le Hadès? Mes peuples seront enchantés de me suivre dans une guerre, l'ignorez-vous donc?

— Votre arrogance vous fait amnésique. Jadis sous mon commandement furent vaincus les Titans, mes peuples aussi s'uniront sous ma bannière, répondit Zeus.

Perséphone prit la parole en se dressant entre les deux frères qui se défiaient.

— Je me jetterai dans le Phlégéthon avant que le monde ne s'entre-déchire pour moi. Aussi j'aurais souhaité que l'on questionne mon cœur sur ce qu'il désire.

À ces mots Déméter tomba à genoux. Perséphone avait été émue de constater à quel point sa mère avait vieilli, mais à présent elle la voyait anéantie à cette menace et elle fut attristée de constater que c'était de la colère que sa mère ressentait. Cela fut ardu pour Déméter de prononcer son nom :

— P... Perséphone! Comment pouvez-vous ainsi trahir mon amour? Ne désirez-vous pas plus que tout revenir à mes côtés?

Sa question resta suspendue à ses lèvres alors que Perséphone s'avança vers Hadès, avec le regard du regret elle lui prit une main, et lui murmura afin d'être entendue de lui seul :

— Cette main je l'embrasse, car je l'aime. Qu'elle vous nourrisse!

Elle lui déposa un baiser dans la paume de la main, comme elle l'avait fait aux Champs Élysées, à la grande consternation de Déméter.

— Laissez-moi partir! ajouta-t-elle. Il n'y avait aucun désespoir dans sa voix.

— Je ne peux libérer celle qui me fait prisonnier, dit Hadès.

Un sourire trouva une brèche dans sa tristesse et elle le lui rendit. Il soupira et se détournant, il dit tout haut :

— Perséphone est libre de partir et il n'y aura point de guerre!

Il commença à se diriger vers son char, ne désirant pas la regarder encore un instant de plus, ni voir l'air de supériorité de Zeus. Déméter se leva et embrassa Perséphone avec frénésie.

— J'ai eu la vision de la destruction qu'a causée ma disparition, je ne peux qu'essayer de la guérir, lui dit Perséphone.

— La nature renaîtra sous tes pas et les hommes chanteront de nouveau leur gratitude, faites-moi confiance, répondit sa mère en la réconfortant.

— Tout ceci est bien touchant! les interrompit une voix.

Tous, même Hadès qui s'apprêtait à détaler, se tournèrent vers le nouvel arrivant. Thanatos marchait avec détermination sur la plage boueuse du Styx. Arrivé à leur hauteur, il ajouta sans avoir besoin de couper la parole à qui que ce soit puisque tous étaient bouche bée :

— Mais un petit détail doit être considéré!

— L'affaire est close, retournez d'où vous venez! lui ordonna Hadès.

— Le chaos s'installe là où les tricheurs sont acquittés, vous ne pouvez laisser cela se faire en vos royaumes père, dit Thanatos.

— Allez, frappez de votre langue de serpent et ensuite enfuyez-vous comme un couard, dit Hadès impatient.

— Voilà une étrange menace! Mais d'abord, écoutez ce que vous ne pouvez nier être la vérité. Perséphone ne peut se délier des Enfers, car on l'a vu manger la nourriture des Champs Élysées. Et tous savent que ceux qui mangent les fruits ou toute autre nourriture du Tartare y restent prisonniers. La même loi ne sévit-elle pas à l'Olympe, grand Zeus?

— Effectivement, hésita à répondre Zeus.

Tous restèrent silencieux en se lançant des coups d'œil furtifs. Zeus prit alors la parole, avant que ces nouveaux événements ne déclenchent encore la zizanie.

— Je vous remercie Thanatos de préserver nos hautes lois, votre message a été entendu. Je ne vois qu'une façon d'être juste. Perséphone passera six mois auprès de sa mère et les six autres mois, elle sera sur le trône du Hadès. Pliez-vous à ceci!

— Non Zeus!...

— Déméter, voilà tout l'appui que l'Olympe peut vous offrir. Contentez-vous-en!

— Mais ne voyez-vous pas que c'est une ruse pour la cacher là où nous ne pourrons plus aller la chercher lorsque viendra le moment de son séjour à mes côtés? expliqua Déméter.

— Nous nous trouvons alors en bon lieu pour pareille problématique, dit Zeus. Hadès n'a alors qu'à jurer sur le fleuve des serments irrévocables, le Styx qui coule à nos pieds.

De toute la noblesse dont il était alors capable, Hadès se tint face à Déméter et Perséphone, et clama :

— Par le Styx, je fais le serment d'amener Perséphone ici même chaque année, la nuit qui s'appellera dorénavant l'Équinoxe du Printemps!

Perséphone retint son souffle alors qu'une belle jeune Déesse aux multiples couleurs de l'arc-en-ciel se matérialisa hors des eaux. Elle avait à la main une coupe d'or et la remplit sous les yeux étonnés de Hadès. Elle vola vers lui et la lui tendit sans rien dire, mais avec un sourire candide. Il hésita quelques secondes avant de prendre de ses mains la coupe ou il pouvait voir que l'eau du Styx était devenue noire et épaisse. Il ne détacha pas ses yeux de la Déesse Iris alors qu'il but d'une seule gorgée le lien fatal à sa promesse. La dernière goutte bue, la Déesse replongea dans le fleuve ne laissant pas même une onde.

— Qu'il en soit ainsi! Que Perséphone aille faire refleurir le monde en beauté! Dans six mois, Déméter, vous ramènerez votre fille ici même, là où un trône l'attend. Puisse l'humanité s'épanouir à la venue d'un premier printemps, ainsi qu'à une si belle reine dans les pays de la mort.

La prophétie des Îles Fortunées

Cela faisait si longtemps! Si longtemps qu'il ne pouvait sentir le parfum de Perséphone! Comme les mois étaient étrangement longs dans cette mer d'éternité. Elle avait traversé le Styx sans se retourner, pourtant c'était vers son cœur que son image voguait.

Il ne se souvenait d'elle seulement ce que les asphodèles lui soulignaient, sa peau fragile tel un pétale, son aura étincelante, le parfum qui se dérobe et qui ne peut être emprisonné.

Ce n'était qu'en ces champs qu'il se permettait de se laisser envahir par le souvenir de sa reine. Car comment les Enfers pouvaient-ils accueillir un roi hagard? Non! Ils brûlaient et se consumaient, et tel était leur Seigneur, ravagé par l'attente. Plus il y pensait, moins Perséphone lui semblait réelle; plus son oreille croyait entendre sa voix, moins il la cherchait du regard. Et elle devenait peu à peu comme ces formes d'illusions qui habitent les rêves.

Mais il était triste en ces plaines fleuries, car deux forces le tiraillaient et aucune ne lui plaisait. Il ne pouvait plus être celui qu'il avait été, car la tendresse que Perséphone lui avait manifestée tuait en lui les Enfers, lorsqu'il prit une reine, il en dénatura ses pays. Malgré ce profond changement, le Tartare grondait en lui et lui hurlait de détruire la Déesse afin d'en faire sa plus horrible créature. Chaque ronce et chaque rosée empoisonnée lui rappelaient cette beauté à terrasser, cette compassion à punir. Aisé était le chemin vers ces pensées de domination, mais il luttait, usant de toute sa noblesse qui était pourtant aussi grande que celle de Zeus. Car elle avait déposé un baiser sur ses lèvres d'une promesse si délicate qu'il n'osait s'y accrocher de peur d'être trahi par l'espérance. Voilà! Il avait peur de revoir celle qu'il pouvait appeler sa femme, mais ne trouvait plus rien qui valait sans elle! Alors, il méditait assis sur ce tapis blanc, occultant ses devoirs. Il se dérobait ainsi à sa dangereuse nature destructrice.

Sa présence était à peine perçue par les âmes qui avaient traversé la grande Porte d'Argent au seuil de leur jugement. Dans ces contrées méconnues, chacun méditait sur le sens de la justice. Tous ici avaient laissé libre cours à la violence alors qu'ils étaient de chair, mais leur bonté et leur courage leur avaient épargné la terreur des Plaines du Châtiment. Nul ne se préoccupait de ceux, qui comme eux, respiraient profondément avec calme et sérénité dans ce pays du silence et de l'introspection, pas même lorsque le Seigneur Hadès leur effleurait les genoux en prenant place parmi eux. On disait que jamais les Argentés ne pourraient trouver le véritable sens de leur vie, ils étaient seuls, esclaves d'eux-mêmes, pour l'éternité, emprisonnés dans leurs questionnements. Telle était la vocation des Champs d'Asphodèles. Mais Hadès était libre sur ses terres et profitait du calme et du vide qui y régnait. Plus il venait s'asseoir parmi ces âmes, plus il connaissait le poids de ces remises en question et leur plaignait cette éternité.

Parfois les Furies venaient accabler les méditants, car elles se devaient de punir l'ingrate méchanceté et nombreux étaient ceux qui avaient trahi l'amitié, volé un hôte ou humilié un serviteur. Mais si Hadès les entendait siffler de colère au loin, il leur ordonnait de s'en aller ailleurs afin qu'elles ne le troublent point.

Alors qu'assis parmi les méditants, Hadès ne se doutait pas encore que le seul fait d'éloigner les Furies de ce pays permettait à leur sagesse commune, leur morale pourtant blessée, de germer, invisibles, au cœur même des Enfers. Les lois pénitentielles du Tartare devinrent un mirage, certes un de ceux que l'on pouvait toucher, mais voilà qu'en contrepartie une prophétie prenait forme.

— Mais Père, qu'est-ce qui vous pousse à bien venir en cet endroit lugubre?

Hadès garda les yeux fermés et répondit :

— Que me voulez-vous Hypnos? Les Enfers sont-ils si petits qu'on ne puisse y trouver du silence?

Hypnos, qui était arrivé derrière lui, se pencha et déposa sa main fragile sur l'épaule d'Hadès.

— N'y a-t-il plus rien qui vous importe à présent?

Son père ouvrit soudainement les yeux à ces mots, mais usant de contrôle il resta silencieux.

— Ne ferez-vous donc rien, alors que Thanatos se hisse sur votre trône en votre absence? ajouta Hypnos. Ignorez-vous qu'il ne s'en cache même plus?

— Ce trône n'est pas réel, alors ce n'est certainement pas là que se trouve le pouvoir des Enfers, répondit laconiquement Hadès.

— Se trouverait-il par hasard derrière les pas de la belle Perséphone?

Hypnos regretta ces mots, car aussitôt Hadès lui empoigna la tunique et l'attira vers lui le fixant dans les yeux. Mais Hypnos, déséquilibré, risqua une correction innocente :

— N'est-elle pas Reine de ce pays?

Le Roi lâcha sa féroce prise et referma les yeux en soupirant. Hypnos vint s'asseoir à ses côtés et lui dit tout bas au creux du cou :

— Il est normal, Père, qu'elle vous manque! À deux, vous êtes plus forts que la somme de vos forces, mais séparés vous êtes plus faibles, comme blessés de l'éloignement de votre moitié si douce.

— Taisez-vous! Vous ne savez pas, vous ne savez rien de cela! dit tristement Hadès.

— Vous voulez dire de l'amour? insista-t-il. Vous avez raison!

Hadès eut un mouvement de surprise à cette affirmation.

— J'ai bien de l'amour pour vous, Père, mais il n'est point comparable à celui dont vous souffrez. Pourtant, j'ai goûté chaque rêve d'amour. Rêves d'espoirs crispés, rêves de fantasmes illusoires, je les dispense selon mes règles et lois. Je les porte tous comme mes propres enfants avant de les voir s'épanouir de concert avec les pouvoirs de Psyché. Voilà ce qu'est l'amour pour moi, des rêves! Tout comme vous ne pouvez souffrir des Enfers, je ne peux souffrir des Rêves.

Hadès avait écouté calmement, mais hochait négativement de la tête.

— Mon fils, vous ne sauriez à quel point mon âme et les Enfers souffrent en chœur. Ne soyez pas naïf! On me ferait la guerre pour ce pouvoir à l'Olympe, mais ils savent de quoi il retourne et nul ne veut de ce poids qui me pèse. Nul ne veut devenir l'Esclave! Bonheur à vous si vous ne souffrez point de votre tâche, chantez en marchant et roulez-vous dans le gravier volcanique, mais vous êtes aux Enfers Hypnos! Ne vous en êtes-vous jamais rendu compte?

— Si mon Seigneur, mais ils ne sont pas que douleur. Les Champs Élysées conviennent à mes promenades, je m'y plais assez pour endurer ne serait-ce que l'odeur du Châtiment.

— Les Champs Élysées! dit-il avec mépris. Ils sont aussi vaporeux que si l'on dînait d'un bol d'eau de mer en le prenant pour une soupe au poisson!

Hypnos se leva avec un sourire de déception.

— Ha! Je vous plains Père, vous ne pouvez souffrir ni la réalité ni le rêve. Mais je ne vous reproche pas votre dureté, car je sais que c'est la peur des Mortels qui vous façonne, tout comme elle façonne les rêves que je dois dispenser, chaque jour. Malgré cela, je sais être sensible à la beauté.

— Vous n'avez jamais été confronté à la beauté! dit Hadès. Lorsqu'elle vous regarde dans les yeux, lorsque son parfum vous enveloppe, mais que ses mains vous repoussent, lorsque son…

— Oui Hadès, j'ai vu la beauté et l'innocence et vous n'êtes pas le seul qu'elle torture.

Hadès fixa le regard de son fils et resta ainsi jusqu'à ce que Hypnos détourne le regard de honte. Il n'avait été facile pour personne de soutenir ces yeux de braise.

Il réussit tout de même à prononcer :

— Méfiez-vous plutôt de votre second fils!

Alors, il partit, déambulant jusqu'à l'horizon des Champs, vers ses portes de corne et d'ivoire, une d'entre elles, démêlant la vérité du mensonge. Il pouvait sentir les présents rêves lui traverser l'esprit et soupira à peine lorsqu'il put voir ceux qui étaient les siens et qui s'échappèrent encore par la porte ciselée, faite de cette si blanche imposture; la porte de corne de laquelle ne s'échappaient que les rêves faits de mensonge.

— Ma fille, Coré, n'y a-t-il soupir que je puisse soulager?

Déméter caressant les mèches blondes de Perséphone avait parlé si doucement qu'elle semblait s'émouvoir elle-même, alors qu'un silence faisait rage venant de la jeune fille. Elle n'aimait pas quand sa mère insistait sur ce nom, Coré, qui lui faisait si mal à entendre. Elle se retourna nonchalamment privant les doigts de Déméter de la douce chevelure de son enfant. Elle fixait la source d'eau avec insistance, espérant peut-être secrètement que l'étang se déchire en tremblant et que la faille laisse entre-apercevoir le crin de jais des montures de Hadès. Non, elle n'osait croire qu'elle voulait tant retourner dans ce monde souterrain, le sentiment qui persistait était celui que tous la considéraient comme un jouet qu'on trimbale et qu'on exhibe. On avait négocié sa personne.

— Ma douce princesse, n'avez-vous pas joui de toute cette nature flamboyante qui fêtait votre arrivée? demanda Déméter.

— Je suis Reine à présent, Mère, d'un pays dont vous n'avez pas même idée! répondit-elle la voix basse.

— Mais vous resterez toujours ma fille, Princesse des couleurs!

— Comment puis-je apprécier une nature que je tue chaque année? Et n'avez-vous jamais goûté les Champs Élysées?

— Ses arômes et pépins me sont interdits, répondit honnêtement Déméter. Mais ils ne sont qu'illusion!

— Je ne peux jouer tel qu'auparavant, se confia-t-elle la voix maintenant plaintive. J'ai vu là-bas de terribles choses qui ne pourront jamais… qui sont si…

Elle mit ses deux mains sur son visage et sanglota. Elle pleura davantage lorsque Déméter l'entoura de ses bras réconfortants.

Au-dessus d'elles un frêne se balançait au rythme du vent et tandis qu'une bourrasque passa, une feuille se détacha de son lit et puis une autre et encore une, pour tournoyer lentement dans une danse qui leur était inconnue, celle de l'automne. C'est lorsqu'une de ces feuilles se déposa sur l'épaule de Déméter qu'elle aussi ferma les yeux et laissa tomber quelques larmes.

— Mère! Ne brûlez pas de glace la Terre quand je serai loin sous les volcans. Car je reviendrai et les fleurs s'ouvriront de nouveau.

— Nous allons tous vous attendre précieuse Coré! La Nature s'endormira paisiblement, car elle rêvera de celle qui l'inspire. Le Printemps se languira, mais il n'en sera que plus beau à votre retour.

— Je n'ai pas même encore profité de ce monde vert et lumineux que déjà je dois partir. Comme une convalescence trop longue alors que la vie n'attend pas, dit Perséphone avec regret. Demain je traverserai le Styx, m'y accompagnerez-vous jusqu'à la berge?

Déméter baissa le regard, mais après réflexion, elle signifia oui de la tête.

— Je vous accompagnerai jusqu'à votre royaume, je n'ai pas à craindre ces rivages, dit-elle avec plus de sûreté.

Perséphone lui sourit en retour. Elle regarda longuement l'horizon, son corps figé comme celui d'une statue. Seuls ses yeux semblaient vivre, un brasier s'y élevait et elle dit alors:

— J'ai si peur de le revoir.

Perséphone passa sa dernière soirée dans le monde des Mortels à se promener dans ce qui avait été ses endroits favoris. Le petit ruisseau qui scintillait au coucher du Soleil, la clairière où les toiles d'araignées devenaient du fil de diamants lorsque la rosée tombait, la Fontaine Castalia surplombant la cité de Delphes. La nuit, les pèlerins n'y venaient que très rarement. Assise sur le muret naturel de la source, elle y trempa ses doigts et se mouilla le front, tel que le faisaient ceux qui se purifiaient avant de consulter l'Oracle. Sa voix au début murmurante s'éleva tranquillement, construisant une mélodie fluide :

— « *Les feuilles ont scellé de vérité mon cœur*

le serment devenant liberté

les prières fleurissantes telles des fruits en devenir.

Fond la grise amertume
alors que s'engorge la rivière
suivant sur son chemin l'Éternité.

Savent frémir les hirondelles
alors que s'élève ma voix
offrant le nom de mon amant.

Premières fleurs, premières lueurs
premières oies et pourtant
il n'a pas trouvé le chemin du printemps.

Meurent les feuilles,
mais chaque fois se rouvriront avec elles mon
                                        amour,
inspirant de couleur une âme. »

Son chant clair et haut avait attiré les Nymphes vers la Fontaine. Elles restaient encore discrètes jusqu'à ce que Perséphone se remette au silence. Elle tenta de les ignorer poliment, elles étaient tout ce qu'elle ne pouvait plus être.

— Blanche Déesse, refuseras-tu ton pas à nos danses? demanda celle qui était le plus proche.

— Ne reconnais-tu pas en nous tes sœurs de

liberté? ajouta une Nymphe qui, venant derrière Perséphone, lui caressa le cou en l'effleurant doucement.

Plusieurs s'approchèrent lentement de l'eau jaillissante et ondulante de toutes leurs formes de femme féerique. Certaines se mirent à s'immerger dans la Fontaine et à se baigner.

— N'est-elle pas la Déesse de parfum, fille du blé? Celle qui nous entraînait dans des rondes par ses chants joyeux?

— Celle aux enjambées si légères que les Ménades ont la démarche d'un géant en comparaison? dit une autre Nymphe en riant aussitôt.

Perséphone commença à être amusée de leurs jeux innocents, mais elle se figea sous la pensée que le lendemain à l'aurore elle traverserait le noir Styx.

— N'était-elle pas la plus douce des princesses de l'Olympe?

— Mais elle se tait toujours… Oh! Malédiction?

— Malédiction?

— Horrible malédiction mes sœurs! s'exclama une des Nymphes.

Toutes elles reculèrent d'un pas s'éloignant de Perséphone. Elles se lamentèrent et pleurnichèrent en chœur, mais Perséphone se leva l'air triste et déclara :

— Non! Écoutez-moi! Ce n'est pas une malédiction! Coré ne peut plus être votre amie, car elle n'est plus elle-même!

— Comment ne pouvons-nous plus être nous-mêmes? répondit une Nymphe.

— Nous sommes tes amies, car nous t'avons

reconnue! dit une autre.

Elles se mirent à répéter cette phrase en chantant, une des Nymphes attrapa une cruche pleine d'eau et se mit à danser avec grâce en tenant la poterie sur sa tête.

— Partageriez-vous mon amitié avec celle des Harpies? dû-t-elle dire fort pour que toutes l'entendent.

La danseuse, à ces mots, trébucha et se fit rattraper par une sœur qui lui donna des baisers pour la réconforter, car elle pleurait timidement de cette honteuse maladresse. La cruche s'était fracassée en mille miettes et les Nymphes se cramponnaient toutes à leurs compagnes comme si Perséphone avait eu le pouvoir de briser l'objet.

— Je suis Perséphone, Reine des Grands Enfers! Cela n'a pas été mon choix, car comme vous, seule la beauté m'importait. Maintenant je traîne le fardeau de la laideur et de la souffrance, mais votre beauté et votre compassion jointe à la mienne seraient fort utiles afin de soulager les maux des Enfers! Joignez-vous à moi, sous la protection de mon trône. Les Enfers ont les pays pour accueillir vos farandoles et les fleurs pour vous parer. Vous serez encore plus belles là-bas qu'ici… j'ai besoin de vous mes amies!

Alors que Perséphone parlait, les Nymphes devinrent pâles. Une par une elles avaient marché, défaillantes, vers la Déesse et déposaient un doux baiser sur sa joue avant de disparaître derrière les arbres, qui n'étaient que des ombres au clair de Lune. Perséphone essaya de continuer de leur parler, répétant les lèvres tremblantes qu'elle avait besoin d'elles, mais chacune s'évaporait dans les bois à son tour, laissant Perséphone avec son lourd destin. La dernière se baissa, lui baisa le pied délicatement et dit :

— J'aurais aimé ne pas être Immortelle et ainsi mourir sous votre bannière de Lumière.

« Il est temps », se dit Hécate, car au loin les premiers rayons de lumière venaient bénir le monde au creux du monde, faible et chancelant espoir.

Elle soupira. Comme elle était fatiguée et meurtrie du Temps Éternel! Mais elle devait tenir tête à sa lassitude, encore davantage maintenant que « celle qui détruit » était née dans cette obscurité grandissante. Elle pouvait comprendre pourquoi Hadès lui avait commandé de s'enquérir de sa reine à ce premier retour. Oh si! Elle ne savait que trop bien ce que pouvait signifier cette fuyante conduite. Sa nature était si proche de celle de Hadès. Les mêmes souffrances les liaient et en même temps, elles les éloignaient, trop semblables pour s'apprécier mutuellement.

Jadis, ils avaient été amis, alors qu'Hécate initiait Hadès aux mystères de la Mort. Leurs regards s'étaient entremêlés et il avait été difficile pour tous deux de ne pas se perdre dans la réalité de l'autre. Une intimité errante qui avait trouvé un repos, l'espace d'un instant. Chacun avait donc pris soin de s'emmurer vis-à-vis de l'autre depuis cette époque lointaine où les Enfers naissaient.

Hécate aussi était destinée à la Lumière, tout comme Hadès s'était uni avec Perséphone. Cette Lumière pesante comme l'ombre du plus mauvais augure, effrayante.

Jamais plus elle n'avait cherché à montrer sa compassion au maître des lieux qui l'accueillait depuis si longtemps. Une fois elle s'était approchée pour lui manifester sa compréhension, alors qu'il avait penché ses lèvres au-dessus de l'eau de l'Oubli, il n'avait plus recommencé ce geste de désespoir, mais dans son désarroi et sa colère il avait meurtri, sans retenue, le cœur de Hécate. Il regrettait aujourd'hui d'avoir insulté les sentiments de son étrange compagne, car il comprenait que c'était ces mêmes émotions, nées de l'éloignement de celle qui lui était destinée, qui le faisaient à présent souffrir.

Cette façon qu'Hécate avait de se préoccuper sans arrêt de cette nouvelle venue était pour elle une façon bien consciente de ne point se tourmenter de sa propre solitude. Ne reverrait-elle jamais celui pour qui elle avait été créée afin de maintenir l'équilibre? Hécate se laissa aller à ses souvenirs alors qu'elle se dirigeait vers le grand fleuve des Serments. Elle avait vu pour elle-même, à l'aide des Miroirs Fortunés, qu'un jour elle serait réunie à ce Titan puissant qu'elle aimait d'un amour secret dont seuls à présent alimentaient les souvenirs des jours d'Éden. Et la seule personne, qui permettait ce changement, était celle qu'Hécate voyait se profiler entre les arbres, généreux de leur présence au bord de ce pays ténébreux. Hécate ferma les yeux, retenant mieux la tristesse qui s'emparait d'elle à la vue de la jeune Déesse, car elle savait bien des choses qui devaient être. Une pureté, une innocence si précieuse qui pourtant s'entachait d'un si grand amour pour les Ténèbres.

Dès que la vieille Hécate aperçut Perséphone accompagnée de sa mère Déméter, elle sut. Elle sut que Perséphone aimait Hadès. Car alors que la jeune femme vit qu'au bord du Styx il n'était pas venu l'accueillir, elle s'arrêta hébétée, fixant le sol et parfois lançant un regard de gauche à droite comme pour s'assurer qu'il n'y avait qu'Hécate là devant elle.

Déméter regarda tour à tour sa fille et Hécate. Elle voulut passer légèrement les bras autour de Perséphone et faire quelques pas avec elle vers Hécate qui ne pouvait dire un mot, alors qu'elle aurait tant voulu s'excuser de l'absence du Roi, et pourtant c'est ce qu'elle faisait de ses yeux et de l'expression pincée de sa fine bouche. Mais soudain, Perséphone s'échappa de l'étreinte subtile de sa mère et se jeta au cou d'Hécate. Les larmes ne tardèrent pas à faire leur bruit silencieux, à peine différent d'une respiration ou d'un soupir. Hécate la serra de tout l'amour dont elle était capable, lui chuchotant doucement « je sais, oh! Je sais! »

Déméter avait été un peu brusquée par le geste de Perséphone, mais s'approcha un peu.

— Ma fille! Vous reviendrez vite, mon cœur vous chérit même de par l'autre monde.

Elle se tut, c'était malgré elle semblait-il, car Hécate lui avait lancé un de ses regards qui lui était propre et qui signifiait la plupart du temps « il y a un mystère qui vous échappe ». D'ailleurs, Déméter lui rendit un regard de mère!

— Pourquoi n'est-il pas venu, Hécate dites-moi? J'aurais cru que… j'ai été si idiote! dit Perséphone d'une petite voix timide.

À ces mots, Déméter recula d'un pas, le visage atterré, elle avait compris trop tard! Bien trop tard et bien peu de chose, car sinon sa fille ne confierait pas cette peine, aussi inexplicable pour Déméter qu'elle fut, à une autre personne que sa mère qui était si aimante. Elle avait compris exactement à ce moment que sa fille, celle qui fut Coré, ne lui appartenait plus, les caresses de ses doigts fins, les pensées de bonheur n'étaient plus entièrement pour elle. Sa fille était Reine et ce n'était que maintenant qu'elle en voyait l'ampleur. Bien entendu, Perséphone n'avait pas idée de sa terrible prise de conscience. Celle-ci se laissait consoler et bientôt ce n'était plus qu'une moue de déception qui se lisait sur son visage.

— Déméter, viendrez-vous chercher votre fille dans six mois, à ce même rivage? demanda Hécate en desserrant son étreinte et en reprenant son air cérémonieux.

— Vous ne pensez pas la connaître plus que moi tout de même! dit soudainement Déméter en se dressant fièrement.

Perséphone fit un petit mouvement de la tête en direction de sa mère et pourtant elle affichait une attitude qui laissait croire qu'elle n'était pas concernée. Sûrement un peu lasse d'être ballottée selon les désirs d'autrui.

Hécate, elle, ne se laissa pas impressionner par la Déesse des cultures.

— On ne vole pas l'amour! dit plus agressivement Déméter. Vos secrets noirs et stériles ne vous ont toujours pas offert le plus beau présent qui soit. Maintenant vous empoisonnez les oreilles de ceux qui sont en désarrois, sachez que vous n'avez pas en moi une amie et je vous interdis de manipuler ma fille!

— Il y a des cycles plus grands que ceux de vos semailles et récoltes. Vous n'aiderez pas Perséphone si vous l'empêchez d'accomplir son destin et de la juger alors qu'elle trouve sa véritable nature. Mais aucune âme des Enfers n'a la prétention de remplacer le lien étroit qui vous unit.

— Mère! Je vous prie, partez! Hécate a raison, certaines de ces choses vous sont étrangères, dit Perséphone avec un peu moins de douceur que son ton le voulait. Retournez à la lumière et aux champs nourrisseurs. Les temps changent et le cœur de votre fille avec eux.

— Mais Perséphone! C'est la mort là-haut, alors que vous êtes ici. Il n'y a plus de champs fertiles! Les éléments sont dénaturés contre nos volontés olympiennes. Cette destruction, c'est votre amour pour le Hadès!

— Ah!

Perséphone se prit le visage des deux mains et en se pliant un peu, ses yeux ronds fixaient le vide, sa vision lui montrait le cercle des Miroirs, cette démone qu'elle n'avait pas vaincue! Ce n'était pas contre la Déesse à la langue de feu qu'elle aurait dû se battre, mais contre Coré. Elle avait vu aussi la glace et la destruction.

Déméter se précipita vers elle, la tenant par les coudes. Elle projeta un regard vers Hécate qui appelait son soutien. Mais celle-ci avait les yeux fermés, la tête haute et sa main subtilement pointée vers Perséphone.

— Sorcière! Épargnez-la! cria Déméter.

— Elle ne souffre pas, seulement elle revoit quelques souvenirs.

— Cessez cela immédiatement!

— Mais je ne fais rien! Je vois simplement ce qu'elle voit, répondit Hécate en haussant les sourcils.

— Et… et que voit-elle? demanda-t-elle maladroitement.

— Son pouvoir. La destruction qu'elle cause, le

mal qu'elle vous fait pourtant malgré elle.

— Ma fille n'est pas ainsi!

Elle avait les yeux pleins d'eau, mais écoutait attentivement ce qu'Hécate lui disait.

— Oh! Elle est bien plus encore que ce que vous pourriez espérer! Elle est la Prophétie!

Déméter fut ébahie, mais demanda avec réticence :

— Quelle prophétie?

— Vous le savez, la grande Prophétie d'Apollon. Celle qu'il a semée lui-même dans un endroit secret.

— Mensonge! Apollon est fidèle à Zeus.

— Apollon est fidèle à la Lumière et à elle seule, répliqua Hécate.

À ce moment Perséphone prit une profonde respiration et cligna des yeux à répétition.

— Vous allez bien? s'empressèrent de demander les deux Déesses.

— Je… oui. J'aimerais être seule à présent, aller me reposer à l'Érèbe, dit-elle un peu étourdie. Je vous dis au revoir, Mère! Je vous aime!

Elles se serrèrent dans leurs bras longuement.

— Je vous aime Perséphone, nous serons tous à vous attendre.

— Je suis désolée, chuchota-t-elle.

— Ce n'est rien, nous trouverons une solution, répondit aussi bas Déméter.

Perséphone regarda Hécate en l'invitant à se joindre à elle pour la traversée du fleuve, ce qu'elle accepta en silence.

Alors qu'elles se dirigèrent vers la barque, Déméter dit à la Magicienne d'une voix forte :

— Prométhée est condamné, ne l'oubliez pas!

Hécate fit semblant de ne pas avoir entendu ces paroles si dures à son vieux cœur, pendant que Perséphone n'avait qu'à l'esprit le réconfort du silence de l'Érèbe.

Hécate et Perséphone, après avoir traversé le Fleuve Noir, se dirigèrent bien silencieusement vers le Palais infernal. Perséphone redécouvrait avec la même surprise cet étrange pays, mais ses pas avançaient sans jamais trébucher sur une pierre traîtresse, elle connaissait son royaume! Hécate arborait toujours un air aussi indéchiffrable, quoiqu'au long du chemin elle semblait plus renfermée qu'à son habitude. Par contre, elle ne s'était pas encore habituée à toutes ces âmes livides et errantes. Elle ne savait si elle devait les regarder ou alors les éviter. Leurs présences la dépassaient, leurs allégeances étaient souillées par la peur du jugement pressant. Elle lança un regard vers Hécate et s'inspira de son attitude concentrée que nulle âme n'avait l'air de désappointer. Celle-ci remarqua l'hésitation de Perséphone et lui dit sans la regarder davantage :

— Elles seront ce que vous serez quand le moment sera venu. Elles iront là où vous leur commanderez.

Perséphone s'était alors arrêtée l'espace d'un instant, elle rattrapa Hécate en sautillant discrètement.

— Ne seriez-vous pas mieux de me dire ce que tout le monde semble savoir et que j'ignore?

Hécate éclata d'un grand rire. Elle prit ensuite les mains de la jeune Reine avec légèreté.

— Les choses sont multiples! Elles sont une vérité, Zeus, Déméter, Hadès… et vous bien sûr! La vôtre est bien mystérieuse, plus encore que l'est ma magie.

— Mais vous dites sans cesse que je dois absolument trouver ma vraie nature, pourquoi me laisser dans l'ignorance?

— Car tout dépend de la façon dont vous approchez votre pouvoir et non celui-là même.

Perséphone alors lâcha un grand soupir.

— Je déteste ce monde! ajouta-t-elle à son exaspération.

— Ne dites pas cela, c'est le seul que nous avons, répondit Hécate avec une note de compréhension dans la voix, mais une pointe de sourire au creux de la joue. N'oubliez pas que je suis votre amie et que nos existences servent les mêmes desseins.

Perséphone continua de la regarder bien après ces mots prononcés. Elle sentait qu'elle disait vrai, elle le sentait par son désir, bien qu'elle ne sache trop encore ce qu'elle voulait être, mais certainement être amie d'Hécate. Elle hocha donc la tête et dans son regard on pouvait y lire un nouveau courage.

Malgré cela, elles continuèrent de marcher en silence, chacune avec leurs pensées. Elles arrivèrent bientôt en vue du château de l'Érèbe. Perséphone crispant les yeux demanda :

— Qu'est-ce là-bas?

Elle pointa du doigt vers une direction précise, celle de la rive nord du Léthé.

— Elles sont les Danaïdes, répondit Hécate.

— Mais leurs robes sont tachées de sang! dit Perséphone. Elles sont si nombreuses à pleurer et à se lamenter. Qu'est-il arrivé?

— Zeus les condamne au châtiment éternel, elles grimpent tranquillement la colline du Jugement. Mais elles ne sont pas mortes, comme la plupart des âmes ici. Elles sont plus comme des prisonnières des Enfers. Tout comme Tantale. Elles iront aux Plaines du Châtiment!

— Mais qu'ont-elles fait? Elles sont si jeunes!

— Elles sont sœurs et princesses, filles de Danaos. Elles ont été traitées comme du bétail alors qu'elles avaient été promises à leurs cinquante cousins. D'un commun accord, chacune poignarda l'épousé à la nuit de noces, sauf une, Hypermestre qui aimait réellement son promis et qui ne sera pas châtiée. Zeus en fera des exemples atroces, il n'aime pas lorsque les femmes désobéissent aux lois. Chacune d'elle a le cœur d'une reine Amazone et c'est pour cela qu'elles seront si sauvagement punies. Mais je ne peux rien pour elles, même Hadès ne pourrait intervenir, mais il se moque bien d'avoir des Suppliciés en son royaume, s'étant longtemps senti lui-même Supplicié, jusqu'à votre arrivée.

— Croyez-vous? Serait-ce possible qu'il puisse m'aimer? Il n'est pourtant pas venu m'attendre au bord du Styx.

— Toute la compassion que vous lui donnerez, teintera le destin de tous ces Châtiés, même alors qu'ils auront commis les crimes les plus horribles. Tout l'amour que vous lui donnerez remplira d'amour les Mortels, alors que les cloches de leurs morts sonneront, car les Enfers ne sont plus seulement terreur depuis que vous y régnez.

— J'ai peu l'impression d'y gouverner, Zeus commande jusqu'ici, je n'ai rien à dire, à faire!

— Vous régnez sur le cœur du Hadès, c'est cela votre pouvoir, dit Hécate. Mais je comprends ce sentiment, car je le partage aussi. Je suis plutôt en exil ici, ne pouvant être vraiment ailleurs.

— Mais ou est vôtre royaume? demanda Perséphone

— Comme vous, mon royaume est le cœur d'un Dieu.

— Mais qui est-il? insista-t-elle.

— Vous n'avez pas à le savoir! répondit sèchement Hécate.

— Je ne voulais pas… je…

— Alors, ne posez pas la question. Vous êtes toujours si innocente, ayez moins crainte de détruire, car sinon vous allez souffrir de cela dans le futur.

— Je ne poserai plus de question!

— Ce n'est pas ça, ajouta Hécate, posez vos questions, mais ne les regrettez pas la seconde suivante. Trouvez en vous votre force. N'hésitez pas à nous confronter, nous sommes là pour vous aider dans votre cheminement.

Perséphone passa sa main sur la moitié de son visage, intérieurement découragée de la complexité de ses rapports en ce pays. Elle voulait juste être elle-même et pas une marionnette de destinée. Hécate mit une main sur son épaule en lui disant d'un ton maternel :

— Allez vous reposer belle Perséphone, tout cela doit être épuisant pour vous. Investissez ce pays de vos rêves! Vous souvenez-vous où sont vos appartements?

— Oui, je me rappelle bien, je m'y rendrai seule. Il est vrai que la fatigue m'envahit.

— Alors, nous nous verrons bientôt, dit Hécate.

— Je l'espère!

Hécate, lentement se tourna pour laisser Perséphone, mais celle-ci ajouta :

— Merci Hécate d'être venue me chercher au Styx, je l'apprécie grandement!

Hécate ne lui répondit que par un sourire un peu retenu et continua son chemin.

Lorsque Perséphone avait pénétré dans sa chambre royale, elle s'était jetée sur le lit de fatigue, mais s'était instantanément redressée, car elle venait de le voir, assis patiemment dans l'ombre du coin de la pièce.

— Je vous attendais, même si je savais vous trouver épuisée, dit Hadès sans bouger.

— Je ne vous avais pas vu, répondit-elle sur un ton de surprise.

Elle s'assit sur le lit puisqu'elle était dans l'ingrate posture de sursaut. Mais alors, Hadès se leva de son banc et Perséphone, d'un réflexe, se releva aussi en faisant alors face à son époux.

— Je ne pensais pas que vous étiez pressé de me revoir, ajouta-t-elle en le regardant directement dans les yeux.

À ces mots, Hadès ne put retenir plus longtemps sa passion qui avait été camouflée par sa sévérité, une passion néanmoins maladroite puisqu'il glissa à ses genoux, transpirant d'un désir insoupçonné.

— Je suis votre esclave, dit-il, rongé de honte en agrippant la robe pâle de Perséphone pour s'en cacher le visage. Je ne suis plus maître sur mon trône, car j'ai quitté ce pays depuis que j'ai voyagé dans vos yeux. Oh Perséphone!

Elle n'avait jamais goûté l'amour d'un homme, elle ne put que reculer par petits pas jusqu'à ce que ses cuisses accotent le bord du lit. Elle ne pouvait être préparée à sa pressante présence.

— Hadès, mon Seigneur! Je vous en prie, ressaisissez-vous! dit-elle sans grande force, presque défaillante.

Il lui caressa les cheveux, ce qui eut pour effet de calmer ses émotions, mais il continua de faire danser ses doigts dans les longues mèches de Perséphone. Elle resta assise ainsi, en fermant les yeux.

— Ma Reine, douce âme! Ne refusez pas mon affection, bien qu'elle puisse être de cendre et non de feu! lui murmura-t-il au creux de la main.

Il guida ses doigts fins sur ses joues et son front jusqu'à ce qu'elle les anime de sa propre volonté.

Elle l'avait toujours trouvé beau! Grave et autoritaire certes, mais les traits puissants et fiers. À présent elle n'avait plus à retenir son affection, néanmoins elle restait figée, se maudissant elle-même de sa lâcheté.

Elle se sentait trop enfantine en cet instant pour le serrer dans ses bras avec certitude, il semblait trop vulnérable, cela la déconcertait!

Elle l'invita donc à s'asseoir près d'elle, ce qu'il fit calmement sans la quitter des yeux.

Elle se laissa ensuite lentement choir, d'une grâce incontrôlée, contre son corps. C'était maintenant lui qui l'enveloppait et elle qui s'offrait à lui, elle qui était à protéger. Hadès le comprit aussitôt, se pressa fermement contre elle et lui donna le plus léger des baisers, là, au creux du cou, alors que Perséphone lui offrait un frisson en retour.

Déjà la neige fondait rapidement sous le Soleil bienveillant. Le monde des Mortels se préparait avec vivacité au retour de Perséphone. Les eaux se retiraient là où, pendant l'hiver, elles inondaient les terres nourricières. Les oiseaux migraient depuis quelques jours à peine, mais le temps aux Enfers était passé comme un battement d'ailes pour Perséphone. Elle commençait seulement à s'y sentir chez elle.

Elle était trop lasse pour se réveiller totalement, paressant dans la couche du Roi. Il ne se passa pas deux jours sans que l'un ou l'autre ne se visite la nuit. Hadès, lui, allait toujours tôt se promener sur ses terres et y exercer son autorité. Habituellement elle allait aux Champs Élysée, s'inspirant de ces merveilles pour réjouir son âme, mais pas aujourd'hui! Hadès lui avait suggéré de se rendre sous le saule des Initiés et de l'attendre là, il n'en avait pas dit davantage. Jamais elle ne leur avait adressé la parole et jamais les Initiés n'avaient marqué de signe particulier de déférence pour leur Reine. Elle savait pourtant par Hécate que Hadès discutait parfois longuement avec eux.

Elle soupira bruyamment, avant de sortir des draps légers qui recouvraient son corps suave. Elle s'enroula rapidement dans sa tunique de la veille et se nettoya le visage. Elle faisait un décompte mental des jours qu'elle pouvait passer avec Hadès, le refaisait et le défaisait, sans jamais avoir la concentration nécessaire, car des vagues successives de souvenirs l'envahissaient au fur et à mesure qu'elle se remémorait ces journées. Trop peu de temps il lui restait; ce fut sa déduction, bien qu'elle eut très envie de retourner sur la Terre, mais elle ne se sentait plus vraiment appartenir à ce monde. Les Nymphes lui avaient fait ce miroir avant son départ. Quelquefois, elle avait pleuré ses amies perdues, alors qu'elle avait reposé dans les talus de molènes des Champs merveilleux. Mais ici au Tartare, elle avait le sentiment d'inspirer paix et beauté à ces sombres contrées et au cœur de son époux divin. Cela avait le pouvoir de la rendre heureuse. Abritée en son centre, les terribles Plaines du Châtiment avaient été pour elle un sujet d'introspection, car elle n'avait jamais oublié leur torture. Mais au fond elle sentait qu'elles étaient le reflet du monde des Mortels et que sur ce monde elle avait naïvement côtoyé des atrocités. Hadès avait eu raison d'enseigner à sa crédulité abrutissante. Avait-elle le pouvoir de changer ces choses? Elle en doutait toujours autant, même si Hécate tentait de lui inculquer l'inverse. Même Hadès semblait dépourvu de cette faculté. D'un autre côté, elle voyait grandir la domination de Thanatos. Elle l'avait aperçu un jour accueillir des âmes à même la barque de Charron et se présenter tel le maître des lieux. Hadès faisait mine de prendre cela comme des enfantillages de la part de son fils, mais elle le savait au fond contrarié par ses intentions. Au moins, elle n'avait pas eu à le côtoyer, bien qu'elle l'ait entraperçu alors qu'il l'épiait à quelques reprises. Par contre, elle n'avait que peu revu Hypnos, lui qui pourtant avait été si protecteur à son égard, elle espérait encore trouver chez lui un ami, tous deux étant forgés de la même jeunesse et d'une douceur similaire.

Elle en avait un jour glissé un mot à Hadès, mais il s'était tu en guise de réponse, donnant l'impression de garder un secret dont elle ignorait la teneur. Elle aurait aimé le voir au moins une fois avant de repartir rejoindre sa famille olympienne.

Perséphone alla donc avec questionnement au Cercle des Initiés qui était tout près de l'entrée du palais. Elle n'osa trop s'approcher alors que nul ne faisait attention à elle. Mais Hadès l'attendait déjà, intégré parfaitement au cercle que formaient ces âmes autour de l'Eau de Mémoire et lorsqu'il la vit, lui fit signe de s'asseoir à côté de lui. Elle leur sourit à tous timidement. Ils avaient tous l'air d'être des rois, tant leur noblesse se faisait sentir malgré le fait qu'ils étaient assis dans la poussière de l'Érèbe.

— Tu es la bienvenue, fille de Déméter! annonça un Initié.

— Installe-toi près du grand Hadès, Épouse du Tartare! dit un de ses semblables. L'eau nous a offert un message et désire sceller votre union.

— Bien que des serments sacrés nous lient, j'ai accepté leur requête et ainsi demandé votre présence belle Perséphone; dit à son oreille seule, Hadès, en l'aidant à se mettre à son aise.

— Que dois-je faire? Qui sont ces Initiés? questionna-t-elle tout aussi bas.

— Acceptez leur enseignement, car ils sont plus sages que les Dieux, répondit-il.

Les Initiés restaient imperturbables, certains avaient même les yeux fermés. Il n'y avait aucune façon de distinguer par une posture ou un tissu une quelconque hiérarchie parmi ces âmes de qualité. Mais l'un d'eux prit la parole naturellement, comme si c'était son tour de parler.

— Jeune Reine, il se fait tard alors que le monde tourne et c'est avec beaucoup d'espérance que nous attendions ta manifestation. Ton alliance avec Hadès l'Invisible est de meilleur augure pour nous tous, car depuis trop longtemps nous méditons à l'ombre du peuplier blanc.

Les Initiés pour la plupart acquiescèrent posément aux paroles de leur frère. Alors, celui-ci continua :

— Les Îles Fortunées sont notre destination et ce n'est pas la première fois que Coré devient Perséphone et permet aux Initiés de faire ce pas essentiel. Une question te brûle les lèvres, mais nous l'entendons tous; qui sommes-nous? Mais la vraie question est; qui étions-nous? Oui Perséphone, je répondrai, mais sache avant, que pour le bien de cette démarche, ces mots ne seront plus dans ta mémoire à ton prochain réveil, car trop d'enjeux sont en cause pour que ton cœur résiste à la destruction que tu dois appeler. Malgré tout, tu ressentiras à la place une vague certitude et un appui extérieur plus denses que ton propre courage.

— Mais dites-moi Vénérables; suis-je un jouet à votre merci? Un instrument de pouvoir? Si tel est le cas, je ne désire pas entendre ces vérités, même si je les oublie par la suite.

— Perséphone! la réprimanda Hadès. Ce n'est pas un langage à employer face aux Initiés.

— Pourtant, je l'ai dit! Hécate m'enseigne à suivre ma voie et elle est près de vous cette voie, je le sais et je ne veux pas être encore plus séparée de vous que je ne le suis déjà, répondit-elle calmement.

Un autre Initié parla aussitôt.

— Hécate est la première qui bénéficiera le plus de votre accomplissement à tous deux, notre parole ne vaut-elle pas autant alors? C'est justement contre l'amour que vous vous portez que nous protégerons le monde. Nous sommes les mieux placés pour parler de jouet du sort et comprenons votre sentiment, mais êtes-vous prête à entendre ce que nous avons à dire?

Perséphone prit la peine d'y réfléchir quelques secondes avant de prononcer un oui ferme.

— Bien! Nous, que vous appelez Initiés, étions des Dieux il y a fort longtemps, plus loin encore que l'ère où remontent les plus lointains souvenirs de cette humanité. Quand les Dieux n'étaient pas ceux que vous êtes. Mais les hommes tombent, les empires décadents se meurent aussi rapidement, âge après âge, ère après ère. Nous sommes les Divinités rejetées de cet Ancien Monde et attendons à l'Érèbe notre mort, enfin. Ce cycle s'étiole et tarde à nous montrer le chemin des Îles Fortunées, là où anciens Dieux deviennent Archanges. Ce n'est pas aux Juges de nous accueillir, mais à la fin des Temps de nous ouvrir cette porte, entraînant avec nous tous les Titans et Dieux de ce cycle, car il ne sera que renouveau, voyant grandir les enfants de cette prophétie, engendrant, une nouvelle vérité. Et c'est en ces termes divins que nous bénissons votre alliance, celle de Hadès et de

Perséphone, lumière et ténèbres, ténèbres et lumière, car vous êtes à présent un couple enlacé, l'œil de l'un est dans le cœur de l'autre et le cœur de l'un est dans l'œil de l'autre. C'est ainsi que vous êtes un tout, mais que vous serez finalement appelés à devenir entier en vous séparant. Nous, les Initiés, vous reconnaissons comme tels.

Perséphone avait les yeux ébahis par ces révélations, même encore lorsqu'ils se levèrent tous et que chacun leur tour ils penchèrent leurs lèvres sur leurs deux fronts. Elle sentait les bras de Hadès l'entourer subtilement, mais pourtant avec cette fermeté dont il avait fait preuve pendant leur course effrénée alors qu'elle avait tranché Narcisse.

Hadès sans la regarder, ému de cette cérémonie, dit avec gravité :

— C'est demain que vous partez!

— Je ne le désire pas!

— Vous devez vous y plier.

Les Initiés ensuite s'en retournèrent, assis devant l'Eau de Mémoire, trempant leurs doigts et buvant les gouttes avec concentration. Ils étaient à présent pratiquement dos au couple. Mais Hadès attira leur attention en se levant sur place. De ses bras, il souleva Perséphone jusqu'à ce qu'elle soit debout contre lui.

— Écoutez tous! J'aime Perséphone! C'est un cœur ensanglanté qui la chérit, mais elle est le baume qui me guérit. Nous acceptons cette bénédiction de votre part et elle me donne la force de parler à mon frère, car ce printemps je suivrai les pas de Perséphone et visiterai ses pays. Ainsi, nous n'aurons pas à être séparés, finit-il par formuler en serrant plus fort le corps frêle de sa jeune femme.

— Que Hadès s'ouvre à la Lumière! répondit un Initié.

Quelques-uns répétèrent l'exclamation de leur frère, mais ceux-là n'étaient pas encore sous la transe de l'Eau de Mémoire. C'est avec le sourire qu'ils plongèrent eux aussi les doigts dans l'étang limpide.

— Partons, ils n'ont plus rien à nous déclarer pour l'instant, dit Hadès en murmurant.

Perséphone avait l'expression d'une enfant émerveillée en regardant Hadès, alors qu'ils quittaient l'emplacement de l'énorme peuplier.

— Vous plairait-il de me guider dans le monde d'en haut? M'apprendre ses mystères et ses beautés? Car c'est un monde qui m'est étranger depuis longtemps déjà.

— C'est bien ce qui me ferait le plus plaisir! répondit Perséphone d'un regard pourtant mitigé.

— Qu'y a-t-il à présent? Ne pourrais-je jamais vous rendre heureuse?

— Ce n'est rien de tel! Seulement n'avez-vous pas de crainte à laisser six mois le trône vacant? Les Enfers ont besoin d'un roi.

— Un roi de marbre! Un objet de culte silencieux et hagard. Je ne désire pas être un roi vaniteux et croire que j'ai pouvoir en ces lieux. Mon âme garde ce pays dans les ténèbres, c'est déjà beaucoup plus que ce que l'Olympe me demanda. Tous, Minos le Juge, Charron le Passeur, Cerbère le Gardien, se chargent très bien de leurs tâches. Ils n'ont nul besoin de moi pour un si court moment; six maigres mois! Je visiterai le monde des Mortels! Les plus hautes forces nous unissent, chère épouse, du Styx jusqu'aux Îles Fortunées.

— Saviez-vous déjà auparavant ce que les Initiés nous ont révélé? demanda Perséphone tout en continuant de se promener.

— Une partie, depuis longtemps, ne m'était pas étrangère.

— N'avez-vous pas oublié le lendemain?

— Comment pourrais-je le savoir? Mais les Initiés, il y a déjà plusieurs siècles, m'ont enseigné leur sagesse et j'appris à faire le vide en mon esprit. Tout cela je ne l'ai jamais oublié. Je savais aussi qu'ils étaient d'anciens Dieux disparus.

— Serons-nous appelés à disparaître lors de cette fin de cycle, tel qu'ils l'ont prononcé? Cette fin que je dois appeler? questionna-t-elle, un peu pour elle-même. Pourquoi nous révéler des choses si c'est pour les oublier par la suite?

Hadès cessa d'avancer. Elle en fit autant, mais mit plus de temps avant de comprendre. Elle était destinée à tous les anéantir, cela avait déjà commencé, la prophétie était semée, et elle ne devait plus s'en souvenir demain à l'aurore, afin que ne lui prenne l'envie d'échapper à elle-même ou pire, de sauver celui qu'elle aimait.

Ils avaient fait quérir Déméter et Zeus par le biais d'Hermès le fidèle Messager. Et ils attendaient déjà depuis le lever du jour, lorsque les deux Olympiens arrivèrent sur un char majestueux. Perséphone avait chanté tout ce temps au bord du Styx, perdue dans ses pensées, qui ce matin, n'étaient pas celles d'hier soir. Hadès, lui, attendait son frère de pied ferme et l'angoisse qui le tenaillait se lisait à peine dans ses gestes. Était-ce celle d'affronter si tôt Zeus, ou de plonger dans l'ouverture du monde étoilée? Il n'en savait rien! Mais une fine voix intérieure lui murmurait qu'il ne désirait pas encore être séparé de Perséphone. Et il savait d'avance que cela serait le cas.

— Ha! Mon noble frère! l'accueillit Zeus d'un ton de patriarche. Je suis satisfait de vos promesses tenues. Le monde renait, de nouveau, printanier. Des cultes sont apparus; poussée florissante d'humilité sous ce cycle dont vous êtes la cause, Hadès. Que votre règne en soit de même aux Enfers! Qu'en est-il de cette discussion si pressante?

— Tous écoutez bien! dit Hadès à haute voix. Ceci n'est pas une requête, mais une affirmation! Les Juges maintiennent la cohérence au Tartare ainsi que Charron et Cerbère. Ils ont été choisis par votre désir et confiance, Zeus, Roi du Ciel. Vous vous promenez tous librement sur terre et êtes bienvenus chez moi. Je suis l'égal frère du roi des Dieux et aujourd'hui je demande à visiter vos contrées! Je suivrai Perséphone dans le monde d'en haut!

— Voyons, n'avez-vous pas de dignité? Cette fusion amoureuse est absurde et humiliante pour ma fille, dit Déméter sans plus.

— Les préceptes de dignité sonnent faux dans la bouche d'une Déesse qui laissa mourir sur pied les récoltes, la rabroua Zeus. J'ai déjà fait beaucoup pour vous Déméter et n'accéderai pas à vos moindres caprices, ceci ne vous concernant pas.

Perséphone serra fort la main de sa mère et

semblait, de ses yeux, exprimer qu'elle aimait l'idée de Hadès.

— Mais il est hors de question, Seigneur de l'Érèbe, de vous laisser déserter votre siège, et votre énoncé a tout d'une requête; je ne peux l'autoriser. Le chaos qui en découlera n'est aucunement souhaitable, vous patienterez en l'absence de votre femme pendant les six mois convenus, continua Zeus avec autorité. Vous n'êtes pas une exception, n'allez pas croire que nous avons peur de vous. Poséidon, notre digne frère ne s'entête pas à délaisser ses royaumes marins.

— Aucune autorité de votre part n'est juste! C'est aussi le désir de Perséphone!

Ils se tournèrent tous vers elle.

— Il dit vrai, c'est mon souhait aussi de le voir s'épanouir dans mes prairies, dit-elle.

— Et vous avez fait un serment ici même qui vous lie à ma décision présente! l'interrompit Zeus. Vous ne pouvez vous dérober. L'Olympe ne vous exaucera pas. Montez dans ce char, le jour attend son printemps!

Hadès s'avança brusquement et menaçant Zeus, il le fixa du regard. Perséphone, qui n'avait pas prestement obéi à l'ordre direct de Zeus, resta immobile.

— Imaginez Hadès! commença Zeus d'une voix tranquille, presque effrayante. Imaginez les Enfers déchirés par le pouvoir d'un seul! Les Cyclopes et les Titans défaisant leurs liens qui les tiennent si sages. Entendez le bruit d'une Mort envoûtée par sa frénésie qui tue aveuglément plus que la Vie ne peut enfanter. Sentez l'odeur d'un Tartare décadent ou allées et venues sont permises au gré des vengeances. Vous ne pouvez imaginer vos pays pires que vous les percevez aujourd'hui, mais croyez-moi, car ils peuvent être terrifiants, plus que ce que le monde n'a jamais connu comme cataclysme. Et il n'en tient qu'à votre loyale position! Imaginez et réfléchissez!

Zeus prit le bras de Perséphone et laissa Hadès pétrifié sur le seuil des Enfers tandis qu'ils repartaient au pas de course sur leur char d'airain.

Ce ne fut pas quelques printemps qui s'écoulèrent, mais bien des siècles qui s'égrainèrent au calendrier des Mortels. Des printemps et des automnes, tous plus beaux les uns que les autres, rivalisant de couleurs, se languissant les uns pour les autres, sans jamais pouvoir s'embrasser de leurs odeurs riches de vie.

Toutes ces saisons, telle une pulsation qui battait au même rythme, injectaient d'amour le couple royal. Les années n'avaient eu que peu de force sur l'étau des Enfers. Ils étaient les mêmes morts et les mêmes peurs ils transportaient.

Nulle fleur ne fut plus créée par Déméter afin d'enjoliver ce monde verdoyant ou désertique. Et c'est ainsi que les mythes moururent, lorsque plus une seule fleur d'un pourpre flamboyant fut découverte par un Mortel alangui, car les amours divins et fracassants avaient souvent été inspirés par des pétales couleur de sang qui jamais n'avaient été vus en une contrée.

Le monde était devenu ce que la paresse divine offrait même au plus sage.

Les Champs Élysées, ceux-là mêmes qui faisaient

la fierté de Perséphone jadis, se dépeuplaient lentement de leurs âmes, car ceux qui avaient le privilège de renaître en vie, mouraient une deuxième fois avec plus de mensonges sur les mains qu'il n'aurait pu en être imaginable par les Juges des Enfers. Non pas que les Plaines du Châtiment se faisaient l'hôte de plus nombreuses âmes qu'aux jours anciens, mais les bords du Styx, eux, regorgeaient de fantômes qui ne pouvaient payer la traversée. Les cultes se perdaient, ainsi que les rituels les plus sacrés, même ceux qui entouraient la mort. Les âmes qui réussissaient à passer étaient lamentablement attirées par l'eau de l'Oubli, et jamais ne gravissaient la Colline du Jugement.

De tout continent et pays, les Mortels buvaient cette eau, luxure et oubli, non pas par les berges du fleuve gris Léthé, mais par des substances dérobées aux plantes les plus vertueuses.

Les Enfers s'écoulaient déjà hors de ses murs d'airain.

Tout cela, même si Hadès était prisonnier du Tartare, il le savait, puisque Perséphone pleurait à chaque retour à cause du mal qui se répandait sur cette Terre, qu'elle aimait tant. Elle exprimait sa crainte de voir l'Olympe asservi par des forces maléfiques plus grandes que tout ce qu'ils avaient connu. Celle de voir son royaume et celui de son époux mus par une force destructrice et invisible. Ils ne pouvaient accuser Thanatos d'un tel obscurantisme, car comme tous, il souffrait intérieurement de cette époque malheureuse, bien que ses faits et gestes fussent le plus souvent rapportés à Hadès, qui ne désirait pas trop lâcher la bride de son fils perturbateur.

Mais cet hiver-là fut long et sombre à l'Érèbe, car Hypnos se portait au plus mal depuis peu. Chacun se relayant pour le soigner à son chevet, Perséphone fut celle qui resta le plus de temps à ses côtés. Une main sur son front en sueur et l'autre dansant alors qu'elle murmurait de douces comptines que les Nymphes lui avaient apprises, il y a si longtemps.

Un mal inconnu le rongeait depuis des décennies, mais éclatant comme l'orage brutal, il s'était totalement effondré au début de l'hiver. Personne ne semblait comprendre le phénomène, sauf peut-être Hécate qui ne disait rien, mais était d'une rare efficacité autant dans ses incantations que dans ses prières silencieuses.

Il divaguait avec violence, comme si tous les rêves du monde se transformaient en cauchemars horribles et que Hypnos était leur conduit. Ses yeux bleus cristal ne reflétaient plus les pensées de personne. Perséphone, telle une véritable mère, ne dormait que trop peu pour son propre bien. Et pourtant, elle était celle qu'il réclamait.

— Perséphone? Où... où est-elle? bégayait-il en frissonnant.

— Je suis ici! répétait-elle tout bas. Ne craignez pas ce qui vous envahit, car nous serons plus forts.

— C'est trop à endurer... tout change! reprit-il.

— Nous sommes tous malades, Dieux et Déesses, Nymphes et fantômes. Vous Hypnos, vous êtes ce que la sensibilité offre, une terrible mise en garde!

— Perséphone?

— Oui, je suis là!

— Douce mère! Je me sens comme ce que vous étiez lorsque je vous ai trouvée meurtrie sur les rochers de l'Érèbe.

Perséphone baissa la tête, il y avait longtemps qu'elle ne s'était pas souvenue de ce moment. Elle n'aimait pas se le rappeler.

— Comment pouviez-vous continuer de respirer? ajouta-t-il en la regardant très profondément dans les yeux.

— Le souffle m'a manqué longtemps, il est vrai. Peut-être l'amour est-il un filtre qui nous permet d'inspirer une vie épurée. N'éprouvez-vous pas un amour semblable, Prince des Rêves? demanda-t-elle.

— Je paraîtrais prétentieux en affirmant aimer dignement, mais j'aime, oui, et cela me maintient courageux. Mais, je ne sais aimer que comme les rêves apportent l'amour; une illusion, une fragrance trop dissipée, un baiser trop bref. Mais elle est la plus belle et la plus noble femme que j'ai rencontrée, et je l'aimais déjà avant de la voir, car ses rêves étaient rafraîchissants comme la brise. Bien qu'elle ne soit plus, je peux encore la côtoyer ici aux Enfers.

C'est lorsqu'il prit sa main que Perséphone sut de qui il parlait. Elle la retira aussitôt d'un réflexe idiot. Hypnos ferma les yeux sans les ouvrir pour la regarder de nouveau. Il ne lui dirait plus rien aujourd'hui.

Elle resta assise perplexe, mais finalement se leva et admit en retenant un sanglot :

— Coré n'est plus, vous avez raison Hypnos!

Elle sortit en laissant traîner derrière elle le voile qu'elle n'avait pas pris la peine de replacer sur ses épaules. Elle croisa alors Hécate qui portait de l'encens et des herbes fraîches, mais l'ignora volontairement.

— Perséphone! Détrompez-vous, cela ne me blesse aucunement de subir votre mauvaise humeur.

— Ne me laisserez-vous donc jamais en paix? criat-elle du fond du couloir. Mais aussitôt elle s'affaissa, s'adossant le long du mur.

Hécate déposa ses remèdes là où elle était et vint la rejoindre, assise sur le sol dallé.

— Nous sommes tous exténués par ces jours pesants, dit-elle. Ne perdez pas votre courage, car il vous sera fort utile. L'heure approche où vous devrez découvrir votre pouvoir, étant donné que c'est nous tous qui en souffrons lorsque vous hésitez.

— Mais je ne peux rien faire! Ne voyez-vous pas au-dehors ce qui se passe? Les hommes se meurent des vices les plus déments, de la guerre qui tue plus que des vies, qui brise la nature pourtant si forte et qui détruit leurs essences humaines les plus solides. Les Maux, jadis libérés, ont trouvé au cœur de l'homme un foyer démesuré. C'est un âge des Ténèbres qu'il nous est impossible de traverser.

— C'est un âge des Ténèbres, tel qu'il doit être! répondit Hécate. Croyez-vous qu'il ait été le seul? Croyez-vous que Hadès vous a enlevée par pure fantaisie? Écoutez-moi Perséphone, car il est temps! Vous êtes la Prophétie! Vous êtes celle qui cause la destruction et un de vos outils est Hadès. Il le sait, mais vous aime trop pour agir prestement. Insufflez vers chacun de vos sentiments la force et l'affirmation. Lui, il est prêt, mais il ne peut vous brusquer. Resterez-vous ainsi, avec un esprit de porcelaine? Nous souffrons tous de votre soi-disante impeccabilité.

— N'y a-t-il pas assez de destruction? De vies et d'amour anéantis? Je ne suis pas certaine de votre opinion, répondit Perséphone sur la défensive.

— Au contraire! Tout reste à détruire, le monde tel

que nous le connaissons! Par quel autre moyen sinon? Ce n'est pas une opinion, c'est un message qui vient de plus grand que vous!

Elle fit une pose afin de permettre à Perséphone de réfléchir, car elle semblait soucieuse. Mais enfin elle demanda :

— Mais qui êtes-vous donc Hécate?

Celle-ci ne put retenir un sourire en coin.

— J'aurais cru que vous le saviez depuis tout ce temps!

Perséphone hocha négativement la tête.

— Je suis une amoureuse, telle que vous, qui s'est éprise d'un Dieu enchaîné il y a fort longtemps.

— Tout de même pas.... ?

— Non! il n'est pas question de Hadès. Seul son retour guérira le cycle. Je suis éplorée, moi aussi, des dommages causés par les choix douloureux. Mais je n'ai qu'une chose à vous dire; profitez du temps passé avec celui que vous aimez, car à tout moment il peut vous être retiré.

C'était Hadès qui veillait sur Hypnos depuis deux jours déjà, le père et le fils ne s'étaient dit mots. Mais voilà qu'en trombe Perséphone pénétra dans la pièce sombre et silencieuse. Elle lui prit la main vigoureusement ainsi que celle de Hypnos et en les regardant à tour de rôle, elle dit à Hadès:

— Je suis prête!

Le lendemain tous furent réunis sur la plage du Styx. Dieux et créatures infernales furent présents à ce qui ressemblait étrangement à une cérémonie. Hadès et Perséphone étaient vêtus de leurs plus beaux atours, et arboraient chacun une couronne d'asphodèle tressée. Ils marchèrent le long des berges ensablées jusqu'à se tenir en face d'Hécate, assistée par les trois Juges; Minos, Éaque et Rhadamanthe. Zeus et Déméter, ainsi que les Dieux de l'Olympe ne furent pas conviés directement, mais certains s'y trouvèrent, ainsi Apollon, Artémis et Dionysos étincelaient de grandeur.

Le plus nerveux était visiblement Hadès qui avait perdu son expression sévère, faisant place à une vulnérabilité que peu de gens avaient déjà vue venant de lui. Perséphone, accrochée à son bras, par contre affichait un air grave et fermé.

Hécate, officiant telle une prêtresse, déclara haut avec assurance :

— Que tous soient témoins du geste d'amour que le Roi des Enfers, Hadès, fera pour sa douce Reine! Car ici, devant vous, il reboit l'eau du Styx!

Un murmure sonore parcourut la foule disparate. Même les esprits qui cherchaient à traverser le fleuve semblaient s'amasser le plus près possible pour voir Hécate offrir une coupe de métal à Hadès. Il regarda gentiment Perséphone avant de s'avancer seul vers le noir Styx, si calme en ce jour. Il s'agenouilla et remplit de moitié sa coupe. Il leva son bras haut, afin que tous puissent voir et ensuite avala son contenu en entier. Se redressant, il prit la parole.

— Il y a bien longtemps déjà, j'ai juré sur le Styx. Peu arrivent à avoir ce courage, puisque le Styx détient une magie qui fait tenir serment, mais aujourd'hui je déclare que je me parjure. Que s'écrase comme bon lui semble la colère de Zeus contre ma volonté et les remparts métallurgiques du Tartare! Que tombe sur moi la malédiction! Perséphone ne sera plus prisonnière de mon serment et je ne la mènerai pas à sa mère le jour prochain du printemps!

Une vague d'étonnement sembla déferler sur l'assistance et se renforçât, lorsque du Styx, surgit instantanément Iris la Déesse arc-en-ciel. Elle survola tout le monde, comme dans une danse destinée à la dégourdir. Ses teintes éclatantes brouillaient la vue de ceux qui la fixaient trop longuement. Comme une pluie de papillons, elle tomba devant Hadès dans sa forme humaine. Elle était plus petite et menue que Perséphone, presque une enfant à ses yeux. Il l'avait déjà vue d'aussi près, mais elle avait été différente jadis; à présent elle était aussi changeante qu'un prisme au gré de la lumière, parfois sage et stérile comme la pierre et parfois amusée et clownesque dans sa posture. On ne pouvait lire en elle la véritable Iris. Elle était la Messagère et aujourd'hui elle annonçait un grand malheur pour Hadès.

— Le Styx a été parjuré! dit-elle en se confondant de couleurs. Ainsi avaient été prononcées ces paroles dont je suis la gardienne : Par le Styx, je fais le serment d'amener Perséphone ici chaque équinoxe de printemps. La punition est terrible et les Dieux n'en sont pas exempts.

— Quelle est donc la sentence, Iris, dont le Styx m'afflige? dit Hadès d'un relent de courage. Il respira profondément en attendant la réponse, ce qu'elle fit sans hargne ou jugement.

— Neuf années où tu perdras la voix et le souffle, suivies de neuf années où l'Olympe te sera interdit d'accès; voilà ta condamnation, Ô Roi Hadès! Que cela soit!

Iris ne resta pas sur place plus longtemps et, en s'évaporant, devint un majestueux arc-en-ciel qui relia le fleuve magique aux cieux, comme pour prévenir le monde entier du nouveau sort de ce seigneur des Morts.

Hadès n'aurait su dire si ces années de mutisme et de maladies furent les plus horribles de sa vie ou si elles avaient été les plus merveilleuses. Car c'est avec une dévotion assidue que Perséphone l'avait accompagné partout et soulagé par ses seules douces mains, puisqu'aucun remède n'aurait pu le soigner. Hypnos, par miracle, dès le printemps était remis sur pied, mais c'était comme si à jamais son esprit s'était affaibli par le mal sournois qui s'était jeté sur lui, affamé. Hécate lui avait expliqué qu'il était tel le pouls d'un monde qui se meurt, mais que son père, à sa manière, tentait de le sauver. Étrangement, ce n'était pas le silence par lequel Hadès était puni qui l'encourageait à se retirer, mais bien l'amour et l'intimité qu'il désirait partager avec Perséphone. Pour la première fois, il se sentait un digne amant. Elle avait appris à lire dans ses pensées, car souvent il avait été exaspéré de ne pouvoir s'exprimer. Cette faculté qu'elle avait intégrée les liait plus que tout. Neuf années n'étaient rien en comparaison de tous ces instants qu'ils avaient passé loin l'un de l'autre et c'est pendant ces moments, hors du temps, que Hadès apprit réellement à aimer sans asservir, écraser ou commander. Il avait dû accepter sa propre faiblesse, alors que Perséphone découvrait sa force de reine.

Rester aussi longtemps au Tartare lui avait permis de réaliser un concept crucial, celui de l'équilibre des Enfers. Ce qui jadis lui avait toujours semblé cruel, à présent, elle le comprenait et l'approuvait. De plus en plus, elle prenait son rôle de reine au sérieux, s'impliquant dans le fonctionnement de ses pays, allant et venant sur les collines de l'Érèbe, se préoccupant autant des Champs d'Asphodèles que des Champs Élysées. Elle n'avait, par contre, jamais remis les pieds aux Plaines du Châtiment, car bien qu'elle adoptait une nouvelle vision des Enfers, elle ne se sentait pas le courage de visiter de nouveau ces plaines de terreur.

Elle avait compris pourquoi les âmes livides et piteuses restaient sur le bord du Styx, sans traverser, lorsqu'elle sut que la plupart d'entre elles hantaient le monde des Mortels, certaines pour se venger d'autrui, certaines pour se réconcilier, mais toujours par peur de ce que la Mort offrait d'inconnu. Nulle place au Tartare pour la rancune et les représailles.

Elle put assister à des jugements de Minos, justes et équitables et pourtant très délicats, et saluer ainsi sa noblesse.

Et alors que les neuf années s'écoulèrent, c'est avec fierté qu'elle parcourait, au bras de Hadès, ses royaumes ténébreux qui obéissaient à leur propre lumière.

Hécate se glissa dans l'ombre des couloirs majestueux, elle avait le souffle court, mais prenait garde de ne pas trop faire de bruit. Elle n'avait pas envie d'attirer l'attention de quelque malveillant. Ses pieds, habituellement pesants d'une longue existence soumise à de grandes responsabilités, prenaient maintenant le pas d'une Dryade. Elle ne pouvait que remettre la destinée de celui qu'elle aimait dans les mains de Hadès et de Perséphone. Elle les assisterait du mieux qu'elle le pouvait, mais près du but, elle sentait que ses moyens s'évadaient. Peut-être avait-elle aussi beaucoup à apprendre du couple royal, car des épreuves les avaient liés, mais un immense courage, il leur avait fallu. Ce qu'elle redoutait le plus, lorsqu'elle était lasse et qu'elle se sentait vieille, était que cet amour qui la motivait soit destiné à un esprit fantôme, trop longtemps torturé pour garder son panache d'antan. Ils étaient promis l'un à l'autre depuis l'éternité passée, par des forces plus droites encore que celles qui coulaient dans leur magie respective. Peu importait qu'elle fût vieille à présent et plus assombrie que jamais par ses tâches, elle resterait à jamais pour lui sa jeune amante. Son unique chance de le revoir libéré reposait en l'amour que se portaient Hadès et Perséphone. Mais voilà que les neuf années de mutisme et de maladie s'étaient achevées la veille et l'accès à l'Olympe était interdit à Hadès pendant encore neuf ans. Mais ce n'était pas là où ils devaient se rendre de toute manière. Ils avaient ainsi prouvé à tous la force de leur union. Quelques saisons furent chaotiques lorsque Déméter avait appris par Iris la nouvelle de ce revirement. Des famines importantes, des chaleurs ravageuses et des froids inféconds mirent l'humanité à rude épreuve. Mais rien ne faisait autant de dommage que les guerres foudroyantes des hommes. Gaïa pouvait tempérer les humeurs de Déméter, mais difficilement la destruction des Mortels.

Hécate n'avait pas beaucoup attendu que Hadès se rétablisse moralement de son affliction, mais ce n'était pas une journée qu'elle avait attendu, c'était toute sa vie et elle espérait qu'il lui pardonne sa hâte. Elle se reprit rapidement juste avant de s'annoncer dans la salle du trône. Elle s'assura que tous partent, la laissant seule avec le couple pour pénétrer dans la grande pièce.

— Je suis heureuse de vous voir bien portant Hadès, dit-elle après avoir fait une révérence respectueuse, qui laissait transparaître beaucoup de fierté à l'égard du Roi.

Perséphone se cramponna à la main de son aimé et dit farouchement :

— Le châtiment ne s'est pas encore éteint, neuf années seront sombres. Il reparle à peine, que croyez-vous obtenir de lui? Les Enfers ont besoin de leur roi à nouveau, j'en vois les signes tous les jours.

— Alors, c'est que vous savez quel est mon message, répondit Hécate.

— Un message? Mais de qui? s'enquit immédiatement Perséphone, trop habituée à parler pour Hadès.

Avant qu'Hécate n'ait pu répondre à cette question, Hadès mit sa main sur l'épaule de son épouse, ce qui l'apaisa. Il redressa le buste, l'air intéressé et prêt. Hécate était suspendue à ses lèvres qui hésitaient à s'ouvrir, se refermant aussitôt. Il y avait si longtemps qu'elle ne l'avait pas entendu. Elle remarqua alors que ses mots avaient de l'importance à ses yeux, que ce seigneur était noble et sage, que sa valeur était difficile à sacrifier en faveur du cycle. Qu'il était comme un frère, lié dans la même magie de l'obscurité et qu'ils recherchaient tous deux la lumière et l'amour. Elle aurait voulu en cet instant le serrer contre elle, mais elle se ressaisit; le Seigneur de la Mort avait une destinée qui lui était propre. Après ce qui devait être mûre réflexion, Hadès parla d'une voix affaiblie :

— Hécate! Votre honneur est grand et votre amitié réelle, j'écoute le message que vous me faites parvenir, car il ne saurait être néfaste alors que mon royaume se porte au plus mal par la faiblesse de son roi.

— Mais Perséphone est forte et vos contrées ont été sous bonne gouverne. Ce déséquilibre ne vient pas de vous, mais d'un changement imminent, dit Hécate.

— Quel est ce changement dont vous nous parlez continuellement? demanda Perséphone plus doucement.

— La chute du Panthéon tel que nous le connaissons!

Hécate baissa les yeux, elle avait à peine murmuré ces paroles. Mais par leur expression, elle voyait qu'ils avaient très bien compris.

— Et plus le passage se fera avec réticence, plus l'humanité en souffrira, ajouta-t-elle.

— Mais... est-ce cela la prophétie? Si elle est connue de tous, pourquoi n'œuvrons-nous pas ensemble pour le meilleur? questionna en bredouillant Perséphone.

Hécate hocha sa tête blanchie par le temps.

— Zeus porte en dérision cette prophétie parmi tant d'autres. Nul n'y croit! Mais ici, aux Enfers, nous sommes bien plus près d'eux de la fin, ou est-ce alors le commencement, car cela résulte d'un plan inachevé. L'homme est incomplet, moitié humain, moitié animal. Prométhée n'a pas pu terminer sa tâche. Les Dieux sont incomplets! Ils ne peuvent se libérer eux-mêmes, alors qu'il le faut. Il en a toujours été ainsi! C'est à moi qu'est revenue la protection de cette terrifiante destruction. Mon culte est noir d'incompréhension. Et maintenant, le gardien de la lumière de Prométhée veut vous parler. Apollon vous réclame!

— Mais l'Olympe nous est interdit! s'exclama Perséphone.

— Il vient à vous, les Enfers ne le terrifient pas, il est comme vous Perséphone, car lui aussi est un guerrier de lumière, vos destins sont liés plus étroitement que vous ne le croyez.

— Que devrons-nous faire, Hécate?

C'est Hadès qui s'était exprimé si calmement. Sa femme le regardait d'un air incertain.

— Apollon vous guidera sur un chemin précaire que vous devrez suivre les yeux fermés et le cœur ouvert. Il vous attend, il est près des Initiés. Je vous accompagne!

Hadès se leva en premier, il invita Perséphone en lui tendant le bras.

Elle se leva, mais se blottit contre son torse. Hadès en profita alors pour lui souffler dans l'oreille :

— Je vous aime Perséphone, de toute mon âme!

— Je le lisais chaque jour dans vos yeux alors que vos lèvres étaient scellées!

— N'ayez pas peur mon aimée, car je saurai me tenir devant votre lumière!

— Cela me donne la force de plonger dans vos ténèbres Hadès. Mais nos routes en s'entrecroisant ainsi me font craindre notre séparation.

— Ne vous en souciez pas, car mon âme est depuis longtemps en vous. L'âme des Enfers! Sauvez-les ma douce!

Il se dégagea de son étreinte et l'invita à suivre son pas. Hécate leur tournant le dos, elle les guida sur un chemin qu'ils connaissaient pourtant par cœur.

Lorsqu'ils arrivèrent en vue d'Apollon, qui se tenait droit sous le ciel de l'Érèbe, le couple eut un frisson de nervosité, il semblait si grand et lumineux que même les Initiés étaient ternes en sa présence. Il dégageait toute la grâce et la force qu'un Dieu guerrier le pouvait, mais son regard perçant de chasseur était nettement visible. À sa ceinture pendait une lyre dorée et son arc d'argent était accroché sur son dos. Il était si beau que Perséphone en rougit lorsqu'il prononça leur nom.

— Perséphone, belle fleur printanière, Hadès l'amoureux plein de courage, mes amis, dit-il en les enlaçant. Il est temps que nous nous rencontrions et que le libérateur soit à son tour libéré. Nous ne pouvons rester ici, il y a trop de regards inquisiteurs, mais je vous prie d'accepter mon invitation à vous recueillir à Delphes, dans la montagne nous serons seuls! Fidèle Hécate, vous aussi accompagnez-nous, ainsi le cercle sera complet. Vous n'avez besoin de rien là-bas, votre âme dénudée; voilà ce que l'Oracle exige.

Hadès, qui ne se séparait jamais de son casque d'invisibilité lorsqu'il quittait les Enfers, n'en voyait plus l'utilité par le ton loyal d'Apollon.

Apollon, Dieu aux talents multiples, était le protecteur des arts, de la guérison, des oracles, et de la Vérité; on disait que nul mensonge ne pouvait venir profaner ses lèvres. Son nom pouvait signifier le « destructeur » et c'est en ces termes qu'il était lié à Perséphone.

Il les amena en dehors du Tartare, empruntant la

grande sortie, celle que Cerbère protégeait; ils pouvaient laisser entrer quiconque voulait passer, mais ne devait laisser sortir aucun Mortel. Il était immense et ses trois têtes les regardèrent partir, non sans émettre quelque grognement. Mais il savait reconnaître les Dieux et surtout ses maîtres, malgré que Cerbère restât un monstre indompté.

Perséphone s'inquiéta à voix haute du fait qu'ils devaient rester discrets dans ce monde, mais Apollon répondit d'abord par un sourire confiant et dit :

— Peu nous importe à présent la colère de Zeus!

Ils traversèrent des pays rocheux et secs, s'enfoncèrent dans des forêts parfumées, passèrent sur des rivières et finalement atteignirent le mont sacré du Parnasse. Là où se blottissait la cité de Delphes.

— Ici nous serons en paix, dit Apollon en pointant une clairière sur le flanc du Parnasse. Assoyez-vous!

Ils s'exécutèrent tous en silence et il reprit :

— Aujourd'hui commence une nouvelle initiation pour vous, après les Îles Fortunées et le jugement du Styx, il vous faudra connaître vos chemins individuels.

Hadès le regarda, insistant, désirant une réponse que nul ne voulait formuler.

— Qui êtes-vous pour nous mettre à l'épreuve? questionna enfin Hadès.

— Je suis le gardien de la Vérité! répondit Apollon sans être intimidé. Mon orgueil de guerrier est blessé de ne pouvoir assumer entièrement les gestes à accomplir, mais un certain ordre des choses est exigé et celui qui doit libérer Prométhée est celui qui est l'Esclave de ce mal engendré que sont l'inachèvement des Mortels et leur peur. Et si la prophétie dit juste, c'est vous Hadès qui êtes ce sauveur! J'aurais offert mon âme mille fois en échange de la liberté de mon Maître, mais là n'a pas été ma tâche. Je devais garder la flamme de ses enseignements vivante.

— Et que fait Perséphone dans tout cela? Pourquoi a-t-elle dû souffrir si ce n'est que de mon ressort?

— Elle est celle qui a ouvert votre cœur Seigneur des Enfers! Elle est la Prophétie! Car c'est en elle que j'ai déposé le trésor d'une graine d'or qui allait germer en son temps. Son sort est incertain. Qui sait qui restera à la fin de tout?

— Et... et que deviendra-t-il de ma mère, Déméter et tous les autres? Je ne comprends pas..., demanda Perséphone avec une pointe de panique.

Apollon l'interrompit tranquillement d'un geste de la main.

— Le cycle est terminé! C'est tout! Il faut l'aider à s'éteindre, car trop longtemps il en fut autrement de par l'emprisonnement de Prométhée.

— Ce que tous connaissaient doit être détruit, c'est ainsi que renaît la vieille forêt, confirma Hécate.

— Mais où va cette vie, cette fusion qui est présente partout? demanda Perséphone.

— Elle retourne et se régénère aux Îles Fortunées. La Chute est annoncée lorsque ces Îles se voilent au reste du monde, par les flots, la brume, la lave ou le sable. Les Fortunées ont coulé il y a déjà fort longtemps.

— Les Initiés nous surveillaient-ils? questionna Hadès à brûle pour point.

— Bien sûr que non, répondit Hécate en souriant. Ils savent, se rappellent, c'est là leur seule tâche. Il se trouve que vous avez été attiré par leur sagesse Hadès. Tout comme vous nous rameniez un jour une jeune Déesse délicate d'un bref séjour en haut!

— Et vous Hécate? Ne faisiez-vous que savoir? J'en douterai fort, répondit-il.

— Mon exil durera jusqu'à ce que je retrouve ma place promise auprès du Prévoyant. Je suis sa complémentarité. Je suis l'ombre qui l'éclaire.

Elle baissa les yeux. Elle sut qu'ils avaient compris son implication.

— Pouvons-nous échouer? Qu'arrivera-t-il alors? demanda Hadès à Apollon.

— Nous échouons un peu plus chaque jour! Mais là est le défi, car même sans cette estime de soi, même alors que tous nous échouons, nous devons cesser de nous accrocher à cette défaite. L'échec est réconfortant mes amis, c'est la véritable victoire qui est dérangeante! Et c'est pour cela que je vous ai amené ici. Vous seuls saurez que faire et vous devez le découvrir. Hécate et moi serons vos protecteurs quand l'Oracle vous parlera. Vous ne serez pas vulnérables aux esprits malveillants.

En disant cela, Apollon sortit de sa tunique une fiole travaillée de symboles délicats. Elle n'était pas plus longue que sa main. Il la tenait avec une grande délicatesse en leur montrant l'objet.

— C'est l'Eau de Mémoire! Je l'ai remplie à l'Érèbe en vous attendant. Cette eau est puissante et dangereuse pour qui n'accepte que sa réalité. Il vous faudra l'affronter seul. Je vous en crois capable, mais le risque reste présent. Si vous résistez à sa densité énergétique et que votre âme ne s'est pas égarée dans les mémoires, vous trouverez vos tâches parmi vos visions.

Il tendit alors la fiole à Hadès et Perséphone sans ajouter un mot de plus. C'est Hadès qui accepta ce fardeau. Perséphone avait les yeux pleins de larmes alors qu'il déboucha le contenant si intimidant malgré sa taille, il devait sûrement en contenir tout juste pour deux gorgées. Ses doigts tremblaient plus qu'il ne l'aurait voulu. Il ne savait quoi dire à celle qu'il aimait. Il ne savait comment aller chercher son approbation. Il ne put que lui tendre le liquide, au risque de paraître lâche, mais il devait absolument voir qu'elle acceptait cette épreuve. Elle ne le prit pas, tel qu'il s'y attendait, mais il usa de patience et la laissa sécher ses larmes avant qu'elle avance la main vers la sienne. Il craignait tant pour elle, bien qu'elle avait une force dont la nature lui échappait encore. Il aurait aimé être seul dans cette aventure, ne pas avoir à se soucier de la vie de quelqu'un d'autre. Il était prêt à souffrir, mais il comprenait que ce n'était pas la seule chose qui lui serait demandée. Car, comme disait Apollon, ce n'était pas souffrir le plus difficile, mais bien se libérer. Il savait qu'Apollon disait vrai, puisque cela avait longtemps été sa réalité.

Perséphone ne le quitta pas des yeux lorsqu'elle approcha le goulot près de ses lèvres. Elle oublia presque de lui laisser une gorgée, mais se retint au dernier moment. Son regard resta le même alors que Hadès lui prit la fiole et vida son contenu.

Il ferma les yeux et redressa son dos et ses épaules. Au début, il lutta contre l'envie d'aller enserrer Perséphone pour la rassurer. Mais peu à peu il semblait que leur proximité physique s'atténuait. Il commença à ressentir des vagues d'étourdissement rythmés, qui à chaque fois, essayaient de dérober son cœur pourtant bien accroché. Il n'avait plus conscience de ce qui l'entourait, d'Apollon et d'Hécate ou des bruits naturels du mont Parnasse. Bientôt les étourdissements cessèrent et il ne sentit plus son corps. Ou alors, il souffrait davantage, mais pouvait en faire abstraction. Il avait l'impression d'être un amphithéâtre vide et que chaque pensée pouvait faire écho en lui. Pourtant, il ne pensait absolument à rien. Il désirait davantage écouter, mais ce qu'il entendit l'horrifia. Les cris de Perséphone qui se répercutèrent dans son esprit n'avaient été que les prémices du sien. Leurs âmes brulaient d'un feu plus vorace que celui du Phlégéthon. Les fondements de leur connaissance étaient les jouets de tremblements de terre d'une étendue cosmique. Comme un accouchement d'infini, la douleur était sans limites. Telles étaient les Mémoires des Initiés. Lutter faisait encore plus mal. Il fallait s'ouvrir, s'ouvrir...

Il sentait néanmoins que cette ouverture forcée et douloureuse n'avait pas pour vocation de le tuer ou même de le torturer. Car une fois le vide rempli, il accueillait les Mémoires. Plus elles semblaient denses, plus l'épreuve s'adoucissait. Et bientôt il ne sentit plus rien et perdit le peu de conscience qui lui était restée.

— Je ne les trouve nulle part, affirma Hypnos à son frère. J'ai visité chaque pays des Enfers et questionné bon nombre de créatures. Ils ne doivent pas être ici.

— Et vous, quand les avez-vous vus la dernière fois? demanda Thanatos avec méfiance.

Hypnos mit son doigt sur sa bouche, l'air penseur et répondit :

— Hadès était encore muet, cela doit bien faire une

saison! Il leur est certainement arrivé malheur.

— Ils ont plutôt abandonné leur tâche! énonça froidement Thanatos.

Il y eut un silence entre les deux héritiers de Hadès. Thanatos regardait fixement son frère, alors que celui-ci cherchait probablement une excuse pour le couple royal. Le problème était qu'il n'en trouvait aucune.

— Depuis déjà trop longtemps Perséphone le détourne de son trône. Elle le croit tellement acquis qu'elle ne se soucie pas des conséquences. Mais le pouvoir est à ceux qui le prennent.

Hypnos allait répliquer, mais son frère le coupa net.

— Ne vous fatiguez donc pas Hypnos! Vous lui concéderiez n'importe quoi à cette femme, n'est-ce pas? Tous, nous savons comment vous la réclamiez à votre chevet. J'étais là alors que vous avez cru qu'elle vous tombait du ciel. Quel dommage qu'elle fût promise à Père et non à vous!

— Cela suffit Thanatos! Vous présumez beaucoup trop. Je ne trahirai jamais Hadès.

— Et trahiriez-vous votre frère?

Thanatos s'approcha doucement de lui et quand son épaule toucha la sienne, il poursuivit :

— Le trahiriez-vous lorsqu'il deviendra le nouveau Roi des Enfers?

Hypnos ne sut le défier du regard, mais son souffle s'arrêta net.

— Vous? Vous croyez avoir ce panache? Et l'allégeance du Tartare entier?

— Je suis l'héritier légitime, si Hadès ne revient pas, il est de mon devoir de lui succéder. Je suis la Mort, les Mortels me font roi de par leur soumission naturelle face à moi. Tant ceux qui désirent lâchement mourir que ceux qui désirent ardemment vivre. Ils ont tous peur et ainsi il n'y aura nul chaos aux Enfers. Je suis déjà Roi depuis longtemps, dit Thanatos.

— Ce fardeau vous croyez le connaître, vous croyez contrôler la peur que, tous, ont de vous, mais vous ne savez pas quelle maladie infectieuse vous pourrira l'âme. Cette couronne infernale est faite d'épines, son arôme vous trompe. Si Hadès a réussi à s'en libérer, paix lui soit donnée. Je l'aurais suivi volontiers.

— C'est que vous aussi vous avez peur alors! Je ne vous retiens pas auprès de moi, partez Hypnos! Rien ne vous retient, pas même votre tâche désolante.

— Croyez-vous que je vous la céderais aussi facilement? répliqua Hypnos. Mon pays est ici, ma tablée est celle des Enfers. Je ne vous défierai pas. Je ne vous gênerai pas. Mais par contre, j'attendrai le retour de Hadès et le verrai dans les rêves, désolants, tels que vous dites, des Mortels.

Hypnos recula pour partir, mais avant il se retourna et déclara à Thanatos:

— Jamais je n'aurais cru que vous puissiez tuer la mort.

Thanatos n'avait que faire de l'opinion de son frère et alors que Hadès et Perséphone restaient introuvables, il se proclama Roi successeur du Tartare en présence de ses habitants. Hypnos s'était réfugié dans l'Élysée, ne sachant ce qu'il lui incombait de faire. Alors, il ne fit rien.

Les créatures les plus malveillantes étaient accourues à ses pieds, offrant leur allégeance à ce jeune roi. D'autres avaient encore espoir du retour de Hadès, mais acceptaient la régence de son fils. Seuls les trois Juges ne se prosternèrent pas devant lui.

Dans la salle du trône, un chuchotement furtif passa dans l'attroupement. Les harpies voletaient, menaçantes au-dessus d'eux.

— Hadès est vivant quelque part, s'exprima librement Minos.

— Comment pouvez-vous le savoir vieux Juge? demanda Thanatos avec mépris.

— Nous le sentons, aussi sûrement que nous connaissons d'instinct les Grandes Lois, expliqua Éaque.

— Les Lois peuvent être changées! dit Thanatos en balayant l'énoncé d'un geste de la main.

— Elles le peuvent, mais pas par votre volonté, dit Minos sur un ton patriarche.

— Et par qui? Ne voyez-vous pas que les Enfers sont en accord avec ma royauté? cria-t-il, encourageant les créatures présentes à rugir leur loyauté.

Il poursuivit:

— Rhadamanthe, quelle est votre opinion? Vous n'avez rien dit.

— Je suis de l'avis des Justes. C'est là notre tâche, répondit Rhadamanthe.

— C'est l'Olympe qui donne aux Enfers le pouvoir qui nous manque afin de préserver les Enfers du Chaos. Hadès en est toujours le maître, car jamais sa disparition n'a fait vaciller sa force, expliqua Minos.

— Vieux fous, vous n'êtes que des suppôts de Zeus! Vous ne comprenez pas la mort.

Thanatos paraissait vraiment en colère, mais les trois Juges de l'Érèbe restèrent de glace.

— Vos insultes ne sont pas dignes de vous, Thanatos. Nous respectons votre nature, tout comme nous ne jugeons pas les âmes éplorées qui acceptent le sort que nous leur décrétons. Mais c'est une erreur de dissocier les Enfers de l'Olympe, dit Éaque le Sage.

— Pourquoi subirions-nous l'autorité de plus faible que nous? dit Thanatos aux spectateurs silencieux. Les Dieux ont fait enfermer les Échatonchyres, ces redoutables géants aux cent bras. Les Cyclopes sont bannis aussi de tout pays. Les Titans ruminent, dans nos Plaines même, leur malencontreuse défaite.

Déjà ses sujets commencèrent à rager pour l'encourager, déjà l'appui de cette masse grouillante de créatures difformes se faisait sentir. Il continua avec encore plus de ferveur, alors que les Juges parlaient tout bas entre eux.

— Dans nos grottes, gonfle une vie forte qui n'aspire qu'à retrouver sa fierté d'antan. Sur les berges du Styx s'entassent des milliers d'âmes sans pays. Hadès fut un roi trop gentil, mais pour redorer le Tartare, nous ne devons plus nous cacher en solitaire. L'Olympe nous donnera notre place enfin. Par la force, s'il le faut!

— Vous n'allez tout de même pas faire la guerre à l'Olympe! dit Minos abasourdi. C'est absurde! Vous sous-estimez leur puissance. Et ce ne sont pas quelques Échatonchyres qui feraient pencher la balance en votre faveur. Ces créatures sont chaotiques, elles n'ont aucune allégeance.

— Mais elles ont de la colère, il suffira de les lâcher dans la bonne direction.

Thanatos descendit les quelques marches et s'avança vers Minos. Éaque et Rhadamanthe se tenaient postés de chaque côté. La peur ne transparaissait pas sur leurs visages. Thanatos effleura de sa main la gorge de Minos, mais en vain.

— Vous ne pouvez nous tuer, Mort, nous sommes des Immortels, chuchota Minos.

— J'ai toujours aimé les défis, répliqua Thanatos tout aussi doucement. Les entendez-vous qui hurlent, demandant une preuve de ma suprématie? Je dois les satisfaire, ainsi va le protocole.

— Le véritable Seigneur des Enfers ne permettra pas cette aberration! dit Éaque.

— Qu'il vienne, j'ai aussi des comptes à régler avec lui!

Il se détourna par une volte-face et leva brusquement le bras. Aussitôt, les Harpies crièrent leur contentement de leurs voix stridentes. Cela faisait déjà trop longtemps qu'elles volaient au-dessus de leurs proies.

Perséphone se réveilla tranquillement de sa longue torpeur. Elle n'ouvrit pas encore les yeux; elle désirait garder l'image mentale qui lui avait permis de reprendre connaissance. Elle avait bu l'Eau de Mémoire et elle avait eu sa vision. Mais comment avait-elle pu être aussi calme pendant le temps indéfinissable qu'elle avait passé ainsi, alors qu'à présent lui était insufflé un sentiment d'urgence? Elle ouvrit les yeux. C'était la pénombre du matin. Elle sentait la présence assoupie de Hadès non loin d'elle. Toujours assis, son visage avait une expression impénétrable; il ressemblait à un Initié méditant. Hécate et Apollon étaient aussi assis et fermaient donc le cercle. Perséphone tenta de bouger sa main; elle répondit bien. Elle se sentait lourde. Mais elle n'avait pas l'occasion de se revigorer. Combien de temps avait-elle été ainsi? Rien ne semblait l'indiquer. Mais si! Elle observa autour d'elle, affolée, c'était déjà l'automne! Des mois étaient passés!

Elle se leva précipitamment et elle en fut étourdie. Elle regarda fixement Hadès, guettant ne serait-ce qu'un petit signe de conscience. Elle n'en percevait aucun. Plus elle soupirait, plus elle se sentait oppressée. Elle avait vu une chose horrible dans ses visions. Les mémoires qu'elle avait partagées en buvant l'eau n'avaient fait que lui enseigner, elle n'avait pas eu le sentiment qu'elle devait agir, jusqu'à aujourd'hui.

Devait-elle les tirer de leur méditation? Elle se doutait que cela risquait d'être dangereux. Mais s'ils ne se réveillaient que dans des semaines, elle échouerait. Les Enfers étaient menacés et elle avait vu son chemin s'étendre jusqu'aux Plaines du Châtiment, là où elle avait craint retourner. Elle y avait perçu une souffrance qu'elle seule, paraissait-il, pouvait libérer. Mais Perséphone redoutait de se séparer de Hadès. Des ombres si denses avaient obscurci leur amour, des destinées si redoutables, qu'elle ne voulait pas entrevoir l'étendue de son geste; celui de partir seule. Au-devant de sa décision se précisait un courage qu'elle n'avait jamais ressenti, ainsi que la libération du Tartare. « Peut-être qu'alors le cœur de Hadès sera aussi libre » pensa-t-elle?

Elle aperçut un oiseau de proie prendre son envol et se dit : « je reste ici à attendre que Hadès s'éveille, tant que je peux voir planer cet oiseau ».

Elle ne quitta pas son vol des yeux, il fit quelques ronds en hauteur. Elle guettait du coin de l'œil si un des trois Dieux réagirait miraculeusement. Mais ils n'en firent rien et bientôt elle dut s'étirer le cou pour réussir à voir l'oiseau, jusqu'à ce qu'il disparaisse derrière la montagne.

Perséphone souffla alors une prière d'amour à son roi et aussitôt elle entreprit de se rendre aux Enfers, le plus rapidement possible.

Bien qu'elle connaisse à présent le monde d'en bas aussi bien que le monde d'en haut, elle mit du temps à trouver une des entrées du Tartare. Elle ignorait que la forêt d'arbres sombres où elle venait de passer était l'endroit même où Hadès l'avait vue pour la première fois.

Elle trouva finalement une étroite grotte qui menait à l'Érèbe. Elle devait imaginer un moyen d'entrer aux Plaines du Châtiment. Passer simplement par la Porte d'Airain suffisait-il? Probablement, puisqu'elle visitait toujours à son gré les autres Champs, ceux de la Porte d'Argent et de la Porte d'Or.

Elle aperçut au loin le château près de la colline du Jugement, elle y était presque. Lorsque le tunnel déboucha, elle se pencha immédiatement; elle avait vu ce qui semblait être un gardien approcher et il n'était pas de ces créatures rassurantes. Il ressemblait à un de ces géants monstrueux qu'enfanta Gaïa en grand nombre. Elle n'en remarqua aucun autre, mais elle sut que le molosse l'avait aussi vue et qu'il s'avançait vers elle en respirant bruyamment.

Elle risqua un coup d'œil alors qu'elle se tapissait par terre près des buissons épineux. Jamais elle n'avait observé pareille créature aux Enfers. Elle était terrifiante et elle ne put compter le nombre de bras qu'elle possédait tant il y en avait. La peau fauve et le corps musclé, le géant paraissait un adversaire redoutable, même pour un Titan. Ses griffes étaient longues et ses dents pointues. Lorsqu'il cria en courant vers elle, elle fut terrassée par la peur et s'engouffra dans la grotte d'où elle venait de sortir, en gémissant. Le géant n'en fut que plus énervé et se précipita sur elle, lui empoignant la jambe, la lacérant du même coup. Elle était prise au piège, elle ne pouvait se défaire de ces bras qui l'agrippaient de toute part. Perséphone tenta vraiment de s'accrocher aux pierres et aux lianes stériles et cassantes de la grotte, mais rien n'y fit, le géant la maîtrisa complètement. À cet instant elle perdit connaissance, n'arrivant plus à respirer suffisamment.

Le vent en bourrasque l'avait pratiquement aidé à se hisser sur un sommet rocheux, comme s'il eut des ailes. Le voyage était tout de même pénible et long, mais il ne s'était pas égaré dans les montagnes. Le chemin était tout tracé dans son esprit, pourtant il n'aurait pu l'expliquer à quelqu'un. Apollon aurait tant aimé le suivre, mais cela avait été la vision de Hadès, non celle du Dieu solaire. Elle était si précise, mais une fois arrivée à destination, il n'avait aucune idée de la manière de s'y prendre pour que sa vision devienne réalité. Pendant son périple, il n'avait de cesse de penser à Perséphone qui avait disparu la veille. Il n'espérait que la revoir et priait fort la Destinée qu'elle aille bien. Par chance, Hécate et Apollon l'avaient guidé à son réveil afin qu'il se fasse le plus en douceur possible et ils ne s'étaient pas attendus à voir Perséphone déjà partie. Des paroles nébuleuses avaient tenté d'expliquer sa vision, mais du peu qu'ils semblèrent en comprendre, ils avaient paru soulagés.

— C'est vous le libérateur! avait dit Apollon.

Cela avait plus ressemblé à un souhait qu'à un fait.

— Trouvez-le et libérez-le, avait ajouté Hécate en prenant les mains de Hadès avec ses vieux doigts. Il doit terminer ce qu'il a commencé il y a bien longtemps!

— Je ferai tout ce qui est en mon pouvoir pour libérer Prométhée! avait-il répondu solennellement.

Perséphone entendait des voix, tranquillement son ouïe se réveillait, mais il y avait toujours ce son désagréable et aigu. Elle crut tout d'abord que c'était celle de Hadès, grave, presque apaisante, mais alors que Perséphone reprenait connaissance, elle pouvait nettement distinguer ce qui faisait la différence entre la voix du père et celle du fils. Là où dans celle de Hadès il y avait de la solitude, Thanatos y imprégnait un ton de hargne.

— ... J'espère qu'elle n'est pas trop abîmée par votre enthousiasme.

La Déesse sentait des doigts la tâter au creux du cou, se promener derrière son oreille et aller jouer dans ses cheveux. Peut-être frémissait-elle, car Thanatos lui dit doucement :

— Nous sommes heureux de vous revoir parmi nous, Perséphone, les Enfers se sont sentis bien perdus en votre absence mystérieuse. Vous pouvez ouvrir les yeux, inutile de nous faire languir.

N'ayant d'autre choix elle s'éveilla. Ses côtes la faisaient souffrir et elle ne put cacher une grimace lorsqu'elle essaya de s'asseoir.

— Mes amis les Échatonchyres sont de vraies brutes, la délicatesse n'est pas une de leur vertu, malheureusement. Je ne vous veux aucun mal! affirma Thanatos.

Perséphone resta soumise, impuissante face à son beau-fils. Elle préféra ne rien dire. Mais elle se savait tout de même à l'abri au cœur du Tartare. Elle continua de fixer le sol.

— Vous n'aviez pourtant pas eu peur de le regarder dans les yeux, lui! reprocha-t-il immédiatement.

— Je vous connais Thanatos, vous ne méritez aucun regard de compassion!

— Oh! Il en est donc ainsi pour vous? C'est navrant ma beauté, de gré ou de force vous serez ma reine! Peu importe où il se trouve. Demain sera une nouvelle ère pour les Enfers et votre venue intrépide ne fera que m'aider à gagner cette guerre, car par votre présence vous rendez mes décisions légitimes.

— Quelle guerre? N'y en a-t-il pas déjà assez pour votre tâche? Les rives du Styx regorgent d'âmes damnées, questionna Perséphone avec le peu de défiance qui lui restait.

Thanatos sourit. Gardant le silence seulement pour

l'énerver, mais trop fier de lui, il ne put se retenir de dire :

— Bien des choses ont changé pendant que vous et mon père avez abandonné vos pays. Les âmes des Mortels ont été libres de passer le Styx. Je ne vous cacherai pas que nous en avons subi quelque perturbation, surtout depuis que nul Jugement n'est proféré. Mais nous aurons bien besoin de nouveaux partisans pour nous battre.

Le souffle de Perséphone se bloqua d'étonnement. Elle paraissait ébahie.

— Ainsi par ma générosité j'ai libéré les forces endormies du Tartare! Quel potentiel, rien qu'avec ces géants et les Cyclopes! Si les Titans ont perdu la bataille il y a longtemps, ils seront heureux de se faire conduire à la victoire. Ils me respecteront lorsqu'ils verront quelle armée j'ai pu monter. Demain, j'ai prévu de marcher vers l'Olympe et nul ici ne s'y opposera!

— Vous êtes fou! On ne fait pas la guerre à Zeus sans en subir les conséquences. Vous ne vaincrez pas et ce n'est pas une dizaine d'Échatonchyres qui y changeront le dénouement, dit Perséphone sur un ton de panique.

— Si vous n'avez rien de plus constructif à dire, je ne suis pas intéressé à vous entendre!

Il paraissait en colère, mais non déçu. Il la prit par le poignet afin de l'entraîner avec lui, elle résista du mieux qu'elle le pouvait.

— Vous ne pouvez m'obliger à vous suivre dans votre ambition, cracha-t-elle, lâchez-moi espèce de monstre!

Il durcit sa poigne et la gifla au visage.

— La première fois qu'on vous a séquestré, cela n'a pas eu l'air de vous déplaire finalement, vous y avez trouvé une couche plutôt royale!

Thanatos s'approcha de son oreille pour lui chuchoter :

— Peu importe ce qu'on a pu vous dire, vous n'avez aucun pouvoir ici, vous n'êtes qu'une image, une princesse des mièvres Champs Élysées.

— Vous avez tort...

Mais Perséphone se retint d'en rajouter, car elle craignait le courroux de Thanatos. Elle se leva du mieux qu'elle pouvait alors qu'il l'y incita, chaque respiration faisait souffrir ses côtes. Ils entreprirent de se rendre au château qui était tout près, où régnait une atmosphère particulière aux veilles de bataille telle une lasse excitation. Des attroupements de Cyclopes faisaient éloigner les âmes qui avaient l'habitude de flâner à proximité du Léthé. Les Harpies ne cessaient de virevolter au-dessus de la colline du Jugement, là ou auparavant les trois Juges étaient la clé de la cohésion au pays des Enfers. Il semblait y avoir près des grandes portes un chaos grouillant de créatures immondes, mais Perséphone ne put en discerner davantage.

— Qu'avez-vous fait d'Hypnos? demanda-t-elle sur un ton qu'elle voulait neutre.

Comme il marchait devant elle en la tirant, elle ne put voir son expression, mais il secoua la tête quelquefois et répondit :

— Je n'ai rien fait à mon frère, comment me croyez-vous capable d'un tel acte! Hypnos m'est fidèle et ne s'oppose que très mollement à mon projet. Mais vous pourrez le constater par vous-même, car il dîne chaque soir à ma table. Vous serez amusée d'apprendre que nous avons parié sur votre retour, il me doit un élixir rare. Je crois que votre fuite le faisait rêver. Mais il en a toujours été ainsi avec lui. Il a pourtant un si grand pouvoir, mais il est trop occupé à se plaindre que lui-même ne peut rêver, qu'il est le vrai comme le faux. Ses allégeances impossibles sont un tel fardeau, que je le trouve lassant.

Thanatos se retourna brusquement et menaça Perséphone :

— Ne croyez pas que quiconque puisse vous venir en aide. Cela ne sert à rien de vous évader, j'ai posté des gardes à chaque entrée du Tartare. Ce soir, j'annoncerai votre retour! Vous êtes libre d'aller et venir dans le château, mais nulle part hors de ces murs, me suis-je bien fait comprendre?

Pour toute réponse Perséphone baissa les yeux, mais elle savait qu'il disait vrai.

— Soyez en beauté pour le banquet ce soir. Vous savez où sont vos appartements, je pense, dit-il en faisant un large signe de la main en direction d'un couloir éclairé aux chandelles.

Il semblait tout à coup être préoccupé par autre chose et Perséphone pouvait voir son agacement du fait qu'elle ne bougeait pas, car pour lui la discussion était close. Elle se détourna donc de lui et se dirigea vers sa chambre. Elle fut tout de même agréablement surprise de constater que rien n'y avait été changé. Elle resta là, debout à sangloter au creux de ses mains, trop faible pour réagir, trop soumise pour espérer.

Après qu'elle eu fait l'effort de se parer avec élégance, Perséphone tenta de s'apaiser en pensant à Hadès méditant sur le Parnasse et en s'imaginant le moment où il se réveillerait la cherchant et se questionnant sur sa disparition. Elle avait été trop impulsive et le regrettait à présent, si elle était restée près de lui, elle ne se serait pas fait capturer. Mais ensuite, elle pensa au Tartare qui marcherait vers l'Olympe, ravageant tout ce qu'elle aimait du monde d'en haut aussi bien que celui d'en bas. Les Dieux célestes pourront-ils en être avertis à temps? Leur force était-elle aussi impétueuse qu'elle le croyait? Elle n'en doutait pas à vrai dire, mais savait que la chute des Titans avait eu lieu il y a fort longtemps et que beaucoup de querelles avaient dispersé les Dieux et les créatures fantastiques. La cohésion d'antan n'était plus aussi solide. Mais elle était certaine que Hadès sentirait ce danger dans sa méditation et qu'il viendrait empêcher cette guerre, usant de son autorité sur Thanatos, tout comme elle avait, elle-même, senti une urgence. Mais elle avait été stupide, elle n'avait aucun pouvoir face à Thanatos. Elle se promit à l'instant de ne pas avoir peur de Thanatos, quoiqu'il arrive, car elle devait se souvenir que nulle créature aux Enfers n'était diabolique, qu'elle avait aidé à guérir celui qui souffrait le plus et que sa force de compassion n'avait pas disparu dans les entrailles de l'Érèbe. Elle était Perséphone, celle qui détruit! Elle ne savait trop comment, mais elle détruirait le démon de peur qu'avait en lui Thanatos, le Dieu de la Mort.

C'est une Déesse digne et ravissante qui fit son entrée à la salle à manger. Thanatos et Hypnos étaient déjà assis, ainsi que quelques Nymphes pâles et gardiens, au même titre que Charron le Passeur, plus esclaves témoins qu'invités. La table était servie et opulente, ses fruits et céréales provenaient pour la plupart des Champs Élysées. Voyant Perséphone, Hypnos se leva, la saluant plein de courtoisie. Thanatos, voyant la gentillesse de son frère à l'égard de cette splendide reine, se leva aussi, la rejoignit et prit sa main. Il y déposa un baiser silencieux.

Tout sourire, il déclara :

— Je n'aurais pas cru que vous me prendriez tant au mot lorsque je vous suggérais de vous mettre en beauté. Et je me permettrais d'avancer que mon frère en pense de même. Cela lui ouvrira peut-être l'appétit de vous avoir assise en face de lui.

Thanatos lui présenta un siège à côté du sien, regardant avec plaisir le sourire déconfit de Hypnos.

Perséphone prit à témoin Hypnos lorsqu'elle fit une moue à son frère, tandis qu'il se détournait afin de donner quelques ordres aux serviteurs. Il plongea ses yeux transparents dans ceux de la jeune Déesse, comme lui seul avait le pouvoir de le faire. Il pouvait emmener par le tunnel bleu de son regard un être dans un monde magique et étrange, un monde de rêves vaporeux. Elle s'y laissa porter un instant, mais elle se reprit rapidement.

Elle ne pouvait se faire déconcentrer de la sorte, demain il sera trop tard pour agir. Mais elle ne savait par quel moyen se libérer et elle sentait Hypnos dépassé par trop de tristesse pour qu'il fasse quoi que ce soit. Il ne se cachait même pas de sa pitié pour elle, baissant parfois les yeux afin de ne pas s'attirer les moqueries blessantes de Thanatos, car ce n'était plus un secret pour personne à cette attablée que Hypnos était amoureux de celle qu'il avait jadis trouvé meurtrie sur la grève. Thanatos, lui, se régalait visiblement à chaque instant du fait que sa future épouse avait aimé le père au lieu du fils.

— Alors, puisque j'ai gagné un pari, je me languis de savoir quelle sera ma récompense, dit Thanatos à Hypnos.

— Ne croyez-vous pas qu'il soit impoli de le mentionner devant votre invitée? répondit-il.

— Je n'ai pas de honte à me montrer joueur avec mon propre frère! Elle n'est pas le prix, alors quel mal y a-t-il? Quel est cet élixir, dites-moi? Je crois qu'il serait opportun de trinquer à notre victoire.

— Il n'y en a que pour une personne, c'est bien dommage...

— Allons donc Hypnos, qu'avez-vous? Ne pouvez-vous pas effacer cette tristesse dans vos yeux, vous me faites honte d'être si faible! Je désire partager avec vous ce breuvage tout comme le fruit de nos conquêtes... et qui sait, peut-être davantage, dit Thanatos en passant doucement son visage dans le cou parfumé de Perséphone qui resta immobile.

Hypnos regarda longuement Thanatos, lançant parfois des coups d'œil à Perséphone, silencieusement. Plus les secondes s'écoulaient, plus Thanatos semblait perplexe et seulement alors Hypnos sortit de sa ceinture une petite fiole métallique de forme un peu grossière. Il dit en tirant deux coupes vers lui :

— Cet élixir n'a pas de nom. Il m'a été donné par la Déesse Iris il y a longtemps, tandis que je lui révélai quelque secret de mes pouvoirs qui sont parfois similaires au sien. Il n'a ni couleur, ni goût détectable. Semblable à de l'eau, il est parait-il, aussi rare que peut l'être sa vertu.

— Quelle est-elle? demanda Thanatos alors que Hypnos n'avait pas terminé sa phrase.

Celui-ci hocha la tête.

— Hélas! Les Déesses sont souvent très coquines, elle ne m'a laissé qu'une énigme. La voici; « Celui qui ne sait ce qu'il veut aura tout ce qu'il ne pensait pas pouvoir obtenir. Celui qui est fort n'aura qu'une chose, celle qu'il désire le plus ». J'ai toujours attendu de savoir ce que je désirais avant de le boire. Mais aujourd'hui, je partage ce présent avec toi!

Il tendit la coupe à Thanatos qui avait les yeux illuminés d'espoir alors qu'il tentait de percevoir une odeur venant de cette eau merveilleuse. Ils levèrent leurs verres ensemble, mais Hypnos resta le regard fixé sur Perséphone. Au moment où ils devaient boire, il ne semblait pas encore sorti de sa transe. Thanatos l'observait, tandis qu'un doute pointa dans son esprit. Tant que son frère ne boirait pas, il ne trempera pas ses lèvres dans ce liquide inconnu. Hypnos détecta la suspicion de son frère et pour éteindre tout soupçon, il vida sa coupe d'une seule gorgée. Thanatos en fit de même, mais quand il déposa bruyamment son verre, dit en fronçant les sourcils :

— Ce n'est que de l'eau!

Hypnos hocha encore la tête, regardant vers le bas.

— Non, dit-il en la relevant. Ce n'est pas que de l'eau.

Tous pouvaient voir que des larmes coulaient sur ses joues. Immédiatement, Thanatos jeta son verre au loin et se leva plein d'agressivité.

— Qu'est-ce que vous m'avez fait boire imbécile? cria-t-il en se voulant intimidant.

Hypnos ne répondait toujours pas à la question. Chaque personne présente retenait ses mouvements et sa respiration. Mais Perséphone, elle, se leva en vitesse et contourna la table pour s'agenouiller près de Hypnos. Elle prit sa main dans la sienne, lui donnant des dizaines de baisers, de la paume jusqu'au bout de ses doigts.

— Je suis désolé Perséphone!

— Mais qu'avez-vous fait? implora-t-elle.

— Oh! Je ne fais jamais rien, mais je voulais vous être utile, je savais que vous alliez revenir, je l'ai vu dans vos rêves.

Il fit une pause alors qu'il vit Thanatos se rasseoir sur sa chaise d'un pas étourdi.

— Je vous aime et pour cela j'ai bu l'Eau de l'Oubli, il ne suffit que d'une fois pour que s'évade de notre conscience nos mémoires et notre volonté.

Perséphone pleurait avec lui, n'arrivant pas même à dire un mot de plus, elle ne pouvait que bredouiller quelques syllabes.

— Je ne sais plus, répondit-il à sa question silencieuse.

Les mains de Hypnos devinrent plus molles, elle lâcha son emprise. Elle cria malgré elle :

— Sortez! Mais sortez tous!

Des petits pas pressés se firent entendre jusqu'à ce que le silence réapparaisse.

— N'y a-t-il rien que je puisse faire, un remède que je pourrais aller chercher?

— Je ne sais plus, avoua-t-il en toute réponse. Je ne sais plus.

Perséphone recula de quelques pas. Elle vit les deux frères assis l'un en face de l'autre, l'air hagard et perdu, ne pouvant même pas se lever de leur chaise, oubliant qu'ils pouvaient le faire. Elle resta ainsi à les regarder un long moment, pensant au sacrifice que Hypnos avait fait pour elle et pour éviter la guerre. Un si long moment...

Hadès était déjà intimidé d'aller à l'encontre de celui qu'Apollon appelait « Le Maître ». À tout moment, il pouvait l'apercevoir juché sur le roc au sommet du Caucase, là où se séparaient l'Orient et l'Occident. C'est Zeus qui l'y fit enchaîner pour l'éternité lorsque le Titan Prométhée déroba un jour le feu aux Dieux, afin de l'offrir aux Mortels. Il était leur père à tous, leur créateur, puni de les avoir plus d'une fois bénis de sa sagesse. Il avait sculpté le premier homme dans l'argile et ainsi naquit l'humanité. Il leur avait enseigné l'agriculture, la navigation, la métallurgie, l'écriture, la médecine et l'art. Il montra aux plus initiés de son culte, l'arithmétique. Il avait été leur plus grand protecteur. Leur âge d'or s'était achevé en même temps que sa capture. Héphaïstos, lui-même, avait forgé des chaînes magiques dans le métal le plus dur. Mais sa vraie souffrance était celle qu'un aigle géant, obéissant aux ordres de Zeus, lui faisait subir chaque jour. Car chaque jour que le Soleil faisait naître, l'aigle venait dévorer le foie du Titan qui repoussait ensuite. Et lui Hadès, simple Roi des Enfers, devait libérer Prométhée; telle semblait être la Prophétie des Îles Fortunées!

Apollon lui raconta comment maintes fois dans sa jeunesse, il était allé apprendre les vertus de Prométhée, « le Prévoyant ». De quelles façons son maître lui avait enseigné ses tâches de lumière et de guérison. Comment il l'avait encouragé à se faire protecteur de la musique et de la poésie. Mais Apollon cessa peu à peu de s'asseoir aux pieds du Titan. Le spectacle de l'aigle déchiquetant le ventre de Prométhée le blessait un peu plus chaque fois.

Apollon avait pleuré des heures en cherchant à le libérer. Il lui raconta comment en secret il avait semé la plus belle prophétie que ses Oracles auraient pu proclamer; la libération de Prométhée et la destruction de l'Olympe. Hadès écouta attentivement quand il lui confia qu'il avait lui-même été étonné de voir la naissance de Coré ce même jour, symbole divin de la tâche à venir.

Hécate n'avait rien dit, mais avait l'air d'être au courant de ce que lui expliqua Apollon. Hadès comprenait l'enjeu lorsqu'il ajouta qu'Hécate l'avait appuyé depuis le début et, qu'elle-même de descendance titanesque, avait bien connu Prométhée. En parcourant les montagnes escarpées, Hadès eut l'intuition que Prométhée n'était pas le seul à vouloir être libéré. Ils devaient tous l'être et cette tâche semblait trop grande pour lui. Mais il continua d'avancer rapidement. Plus il s'enfonçait dans le Caucase, plus il se sentait seul. Arriva le moment où il vit dans le ciel un immense oiseau planer en rond au-dessus d'un pic rocheux et enneigé. Le voir tourner ainsi autour de sa proie vulnérable, lui fit froid dans le dos. Il se déplaça rapidement tentant d'apercevoir la scène, mais il était encore trop loin. L'aigle ne semblait pas descendre en piqué. Peut-être restait-il ainsi longtemps avant que sa faim ne se déclare?

Hadès ne perdit pas un instant et fila vers Prométhée créant de minuscules éboulis et dérangeant des nidifications.

Il ne put savoir si Prométhée attendait sa venue ou s'il l'avait aperçu, mais lorsque Hadès apparut derrière le rocher où Prométhée était enchaîné, il eut une montée d'émotion pour ce Titan humilié. Il l'entendait haleter. Hadès jeta un coup d'œil au ciel, guettant une réaction du rapace, il semblait l'ignorer pour le moment. Le Roi s'approcha donc doucement, s'exposant désormais à la vue de Prométhée.

— Ne suis-je pas le plus magnifique des Martyrs? questionna Prométhée d'une voix rauque, sans regarder son invité.

Hadès ne dit rien, mais s'avança devant son interlocuteur. Il admira avec attention sa force, même amoindrie par la douleur, la faim et la fatigue. Ses cheveux étaient longs et cuivrés. Sa sueur faisait boudiner les poils grisonnants de sa barbe. Son torse, son ventre et ses jambes étaient recouverts de sang séché. Ses bras, écartés pas les chaînes, semblaient balancer comme des membres morts. Chaque mouvement de sa part faisait grincer les chaînes aux maillons démesurés.

Il n'y avait pas même d'eau à lui donner, car tout était gelé ici, à la merci du vent froid.

— Comment se portent les hommes, fils de Cronos?

Prométhée eut enfin un regard pour Hadès.

— Ils sont au plus mal, eut l'honnêteté de lui répondre celui-ci.

Prométhée n'eut pas d'autre réaction que sa lassitude qui faisait peine à voir. Lui aussi, leva les yeux en l'air cherchant le vol de l'aigle bourreau.

— Aucun sacrifice n'est plus grand que celui qui n'est qu'échec! déclama Prométhée.

— Il est vrai que sont nombreux ceux qui ne se souviennent pas de votre nom ou de votre supplice généreux.

Hadès ne s'attendait pas à autant d'émotion venant de la part d'un Titan, car lorsque celui-ci gémit douloureusement, il put ressentir cette souffrance en plein plexus. Tant de Dieux et de Nymphes étaient venus pleurer à ses pieds, qu'il était maintenant inconsolable. Il exhibait sans retenue son supplice et sa culpabilité. L'humanité chutait et c'était par sa faute, chacune de ses respirations était teintée de cette revendication presque malsaine. Des larmes, séchant à même les cils, courraient dans ses yeux.

— Pourquoi être venu me hanter? La compassion ne me sauvera pas.

Une quinte de toux l'empêcha de parler encore. Une goutte de sang coulait sur sa lèvre inférieure.

— J'ai choisi ce qui est plus grand que nous tous. Au travers de ma dévotion envers les Mortels, la jalousie des Dieux s'est accrue. C'est pour cela que j'endure cette punition, pour appeler les Mortels à leur compassion. C'est eux que vous devez sauver, non-moi, continua-t-il.

— J'ai été enchaîné du même mal que le vôtre, vous avez tort de croire en votre souffrance plus qu'en votre libération, dit Hadès sur un ton persuasif.

La colère de Prométhée fut terrible. Les chaînes se tendirent sous l'explosion futile du Titan.

— En quoi puis-je croire d'autre? rugit-il.

Mais il se calma aussitôt, sa lassitude était trop grande.

— Partez Hadès! Les Enfers sont un meilleur théâtre que celui que le Caucase peut vous offrir.

— Apollon m'envoie! Je resterai.

— Je n'ai rien à enseigner. Zeus a fait de moi une épave.

Hadès marqua une pause et dit enfin :

— Je peux enseigner. Je peux vous offrir une clé. Mais seulement si vous êtes en mesure d'écouter. Et je resterai le temps qu'il vous faudra pour vous libérer de vos chaînes.

— Vous êtes le premier, mis à part Apollon, à réellement vouloir m'aider. Tous ne sont venus que me pleurer, repartant ensuite à leurs vocations, répondit d'un ton plus calme le prisonnier.

— Ma vocation fut celle de la souffrance. Je connais les peurs des Mortels et comme vous j'y avais été enchaîné contre mon gré.

— Mais vos chaînes n'étaient pas de cette forme, dit Prométhée en pointant du menton ce qui le maintenait solidement sur place.

— Effectivement! Mais elles étaient aussi solides. L'illusion était parfaite!

Un cri perçant se fit entendre, il sembla glacer le sang de Prométhée. Hadès lui aussi sursauta.

— Expliquez-vous, car nous n'avons que peu de temps avant le festin!

Il était tout ouïe.

— J'ai appris aux Enfers que tout n'était qu'illusion, un jeu de couleur et de forme. Rien n'est réel là-bas et sont nombreux ceux qui pensent que c'est un jeu exclusif du Tartare. Mais il en est ainsi dans presque chaque monde. Seules les Îles Fortunées ne sont pas ainsi!

— Les Îles Bienheureuses? Je connais ces Îles! Mais cet aigle? Vous et moi? bredouilla-t-il menacé par les ronds de l'aigle géant qui se faisaient de plus en plus bas.

Hadès constata sa nervosité et se sentit lui-même

investi d'un sentiment de contagieuse panique. Il s'approcha du Supplicié et lui secoua les épaules en le défiant du regard.

— L'aigle existe, mais il a le choix de ressentir cette faim ou non, comme vous avez le choix de souffrir ou de ne pas souffrir.

Hadès se retourna vivement, car il entendit le froissement des plumes dans son dos. D'instinct il se pressa contre Prométhée, le protégeant de ses bras. Il faisait face à l'aigle qui le menaçait par des petits coups de bec.

— C'est moi que tu dévoreras aujourd'hui! murmura Hadès en défiant la monstrueuse bête.

Il empoigna fermement les anneaux de métal de la chaîne de Prométhée afin de s'y accrocher pour l'épreuve à venir. Il savait qu'il ne sentirait qu'un désagrément. Il ferma les yeux et respira profondément alors que l'aigle fouilla ses entrailles de son bec acéré. Cela l'aidait de ne pas regarder, mais il ne souffrait toujours pas, même alors que son foie fut arraché. Si souvent il avait fait cet exercice pour se rendre insensible aux Plaines du Châtiment qui étaient de loin un tourment plus douloureux que celui qu'il aurait pu sentir physiquement. Sa maîtrise ne désappointa que très peu l'animal, qui regarda Hadès quelques secondes de ses pupilles sauvages avant de s'envoler en lançant de nouveau un cri.

Hadès haletait faiblement en se tenant le côté du ventre déchiré, il regarda ensuite ses mains couvertes de son sang et finalement leva les yeux vers Prométhée ébahi.

— Vous pouvez faire la même chose avec ces chaînes. Elles sont forgées de votre culpabilité. Avec les siècles, elles sont devenues très fortes. Bien plus fortes que celles qu'Héphaïstos martela à l'origine. C'est leur pouvoir, celui de devenir votre cœur et le cœur d'un prisonnier est fait de doute et de coupables sentiments, d'abandon et de rage. Débarrassez-vous de ces sentiments et vous vous débarrasserez de ces chaînes.

— Un Titan ne peut devenir Sage en un jour! s'exclama Prométhée.

— Je resterai à vos côtés le temps qu'il vous faudra. Je sacrifierai mon foie chaque jour afin que vous puissiez vous concentrer sur les chaînes, dans un silence intérieur total.

Prométhée sembla réfléchir un instant et dit :

— Comment avez-vous réussi à vous en libérer?

— On m'a aidé! fit-il pour toute réponse.

Hadès s'assit en tailleur non loin du pic et laissa Prométhée se concentrer et méditer. Au bout de quelques jours, ils perdirent déjà la notion du temps.

Mais une nuit, alors que Hadès dormait, il sentit une main ferme sur son épaule. Prométhée se tenait droit en lui tendant vigoureusement un bras.

— Il est temps de quitter cet endroit, dit-il calmement. Plus aucune chaîne ne nous retient.

Hadès ne put retenir un sourire de fierté. Il prit avec plaisir le poignet que lui offrait le Titan pour se relever.

— Vous avez réussi! le félicita Hadès.

— Les maillons devenaient si affaiblis que je n'ai eu qu'à tirer dessus pour qu'ils rompent. Je n'ai nulle part où aller, mais je ne désire pas rester ici un jour de plus.

— Je vous offre l'hospitalité, j'en serai honoré. Les

Enfers sont un endroit sûr et discret.

— Soit! Allons au pays des Morts. Je ne pourrais me sentir plus en vie!

Perséphone aurait aimé pouvoir le faire elle-même, faire le sacrifice que Hypnos avait fait et assumer sa royauté sur les Enfers, mais Hadès avait raison, ce pouvoir-là était vain, à peine plus symbolique qu'une gargouille placée sur une corniche. Elle ne pouvait pas réclamer tout à coup ce qu'elle avait renié si longtemps. Ils s'étaient tous sacrifiés pour elle; Hadès s'était parjuré, Hécate enseignait son savoir sans compter, sa mère était Déesse d'une nature qui transportait à présent la mort et maintenant Hypnos avait tout perdu.

Perséphone se recroquevilla sur elle-même, ne ressentant que le froid des dalles de la pièce où les deux frères se faisaient face tout en s'ignorant. Elle aurait voulu courir aux Champs Élysées, retrouver les parfums qui la réconfortaient, oublier les Enfers en se baignant dans un lac habité par les algues. Les Enfers étaient laissés à eux-mêmes et elle ne pensait qu'à s'évader au Paradis, attendant que Hadès vienne y remettre de l'ordre. Elle n'était pas celle qui détruisait, elle ne voulait pas l'être. Il y avait déjà bien assez de personnes qui détruisaient le monde. Pourquoi les Enfers devaient-ils être gris? Pourquoi devaient-ils être le reflet de la peur des Mortels? Et pourquoi pas à l'image de leur courage et de leur amour?

Elle aurait aimé que le Tartare soit à l'image de l'amour qu'elle ressentait pour Hadès, de l'amour qu'elle avait de la Nature. Elle n'avait plus envie d'attendre que les Mortels ouvrent leur conscience et comprennent le tort qu'ils faisaient à l'éternité. Elle était Déesse! Elle pouvait créer et matérialiser ses vertus, tout comme l'avait fait Déméter alors qu'elle était Coré. Sans cesse elle lui avait créé des fleurs magnifiques, des champs de céréales dorés où elle avait pu s'égayer. Par amour maternel, Déméter avait toujours réussi à transformer la nature au même rythme que battait son cœur pour sa fille.

Perséphone se leva délicatement comme pour éviter de briser la pensée si fragile qui s'était formée en elle. Elle avait pratiquement les yeux fermés lorsqu'elle trottina vers la sortie du château. Elle mettait toute sa concentration à contribution afin de garder l'image de sa mère qu'elle n'avait pas vue depuis si longtemps.

Elle ne s'inquiéta pas même des Géants qui auraient pu se tenir tout près. Ils n'allaient pas lui faire de mal, elle le sentait. Thanatos n'avait plus d'emprise surnaturelle sur eux.

Elle avança plus vite, presque au pas de course. Comme un feu nourri d'air, elle semblait pétiller de mille tisons lumineux. Elle ne pouvait s'en rendre compte, elle percevait à peine les créatures et les âmes se retournant sur son passage. Perséphone commença à gravir la pente de la colline du Jugement où régnait un chaos mouvant. Les Portes avaient été ouvertes et leur accès était contingenté.

Elle s'arrêta net, face à la Porte d'Or qui menait aux Champs Élysées. Elle se doutait que leur paix était menacée et même celle des Champs d'Asphodèles que son bien-aimé affectionnait tant. Mais toute essoufflée de sa course, elle inspira profondément et c'est avec la force de Déméter dans son cœur qu'elle joua du coude afin de pénétrer dans la Porte rouge, celle des Plaines du Châtiment.

Elle n'avait jamais su toutes ces années si elle en avait gardé un souvenir incroyablement précis et effroyable ou totalement nébuleux qui laissait libre cours à son imagination. Son premier souffle la convainquit que rien de ce qu'elle s'était souvenue n'avait été tangible. Le maléfice des Plaines était dans sa manière de prendre possession de votre esprit et de vos sens. Mais avant même qu'elle n'entende le moindre cri intérieur, elle cria haut, avec toute la fierté et la force qu'elle pouvait dégager :

— Je suis Perséphone, celle qui reconstruit!

C'était comme envoyer une tempête de diamants sur le désert stérile des Plaines, un éclaboussement de lumière. Elles pouvaient ressentir l'entité propre qui animait le ciel sanglant du pays du Châtiment lui résister de toutes ses forces, alors que Perséphone leva doucement sa jambe. Tel un affront de beauté, elle souleva les pans de sa magnifique robe afin de dévoiler une cheville blanche et des orteils pointés vers la terre rouillée. Elle laissa son pas en suspens pour sentir lutter les Châtiments. Sans jamais être le jouet de leur emprise, elle déposa le pied au sol pour former la grande enjambée. L'accueil avait été doux sous la plante de ses pieds. Du lichen verdoyant débordait de l'empreinte. Perséphone n'avait pas besoin de regarder pour savoir quel miracle venait de se produire. Elle fit alors un second pas en avant. Derrière elle, des petites fleurs des champs commençaient à ouvrir. À chaque pas qu'elle faisait, elle se disait intérieurement « Je suis Perséphone, je détruis, je reconstruis ». Elle avançait sur le désert comme une vague printanière. Elle avait les mains sur le cœur et ce n'était pas une procession à la vue des âmes spectatrices, mais bien une danse de grâce.

Plus l'environnement se transformait, plus son pouvoir de sublimation semblait grandir. Sa portée était telle qu'elle pouvait maintenant sentir chaque petite racine s'agripper dans le sol, chaque feuille se dérouler. Les lierres grimpants montèrent sur la Porte des Plaines du Châtiment et les pois de senteur suivirent leur mouvement. Elle savait que les cailloux les plus ternes devenaient des émeraudes et des rubis. Loin sous l'humus où elle déposait ses pas, l'alchimie était indissociable de celle qui s'opérait sur les Plaines. Elle n'avait qu'à penser tendrement à sa mère pour qu'un arbre transperce le tapis de plantes rampantes et qu'il laisse éclater ses feuilles douces comme de la soie.

Tout près, le Phlégéthon bouillait de ses eaux métalliques et ardentes. Comme si le Fleuve de Feu lui-même désapprouvait la percée de Perséphone au cœur des Enfers ténébreux. Ses yeux luisants et dilatés ne voyaient pas là la force terrifiante d'un fleuve volcanique. Elle continua toujours plus loin et rayonnante, sans réaliser que ceux qui, quelques instants auparavant, s'étaient amassés pour regarder leur Reine, ces mêmes créatures qui avaient profité du chaos pour se déplacer à leur guise depuis la disparition de leur souverain, se dématérialisaient une à une. Tranquillement, les âmes perdues les suivaient dans ce semblant de néant, comme s'effaçant doucement du paysage.

Perséphone ne réalisait pas encore leur dissipation. Le Phlégéthon rageait à ses pieds. La lave écumante la menaçait en giclant de toute part. Jamais elle n'avait souhaité s'en approcher autant, mais aujourd'hui elle n'en avait plus peur. Les gouttes de braise qui pleuvaient sur elle ne la brûlaient pas du tout. Elle voulait plonger dans ce nid de feu, y nager comme jadis elle l'aurait fait dans une rivière tumultueuse, sentir sur sa peau de nacre l'épais mélange en fusion. Elle commença par tremper le bout du pied et se laissant envahir par la chaleur elle avança dans le lent courant fluvial. Ses cheveux d'or reflétaient mille fois la lumière rougeâtre du Phlégéthon. Elle s'y abandonna totalement lorsqu'elle plongea la tête dans la lave incandescente. Sa magie alors se propagea instantanément par le fleuve qui était relié à toutes les eaux du monde. Chaque veine terrestre ajusta sa pulsation au rythme de son cœur, s'engorgeant du pouvoir lumineux de Perséphone.

Partout les corps des Mortels explosèrent en poussière cristalline. Son plexus solaire sembla s'ouvrir d'un coup, ce qui la fit sursauter. Elle se cambra et nagea jusqu'à la surface du fleuve. Pour la première fois, elle prit conscience des âmes mortes qui l'entouraient. Elles s'aggloméraient dans le ciel du pays qui n'était plus celui du Châtiment, mais à présent le royaume pur de Perséphone. Elle sentit davantage son ventre se dilater lorsqu'elle put enfin toucher le fond du fleuve, ne laissant que ses jambes immergées. Elle porta ses mains à cette lumière qui la transperçait en sortant d'elle ainsi. Les esprits des Mortels semblaient y répondre instinctivement et commencèrent à s'engouffrer à l'intérieur de son plexus béant. Au premier instant elle en ressentit un désagrément, mais sa panique resta endormie, car elle sut où toutes ses âmes allaient. Là où la mort n'avait pas de visage, là où même les Dieux allaient se reposer à leur fin, aux Îles Fortunées. Elle en était la porte, elle le savait, elle pouvait sentir son lien avec les Îles Bienheureuses. Plus il en passait, plus elle semblait les aspirer de toute part. Elle tentait de ne pas bouger, les bras légèrement ouverts, pour accomplir totalement son œuvre. Lorsqu'elles entraient, les âmes n'étaient pas jugées par la puissance de la Déesse, ni par les Îles, elle savait tout cela futile. Car alors qu'elle grandissait en force et en pouvoir et que les Mortels, un à un, disparaissaient dans ce portail divin, les mondes se disloquèrent tranquillement, comme trop faible pour supporter cette énergie déployée. Les Enfers fusionnèrent avec la terre des Hommes et avec l'Olympe. Tout se détériorait. Le Phlégéthon coulait dans tous les sens, il n'y avait plus de haut et de bas, il n'y avait plus de saisons.

Des Dieux, les regards terrifiés, venaient se prosterner devant la Reine qui prenait en puissance, devenant aussi immense qu'un Titan de l'Ancien Monde. Elle pouvait les reconnaître parfois, juste avant que ces Dieux ne plongent dans son plexus lumineux.

Mais soudain le sol de ce qui avait été les Enfers craqua brusquement et une femme appela :

— Perséphone!

Hécate surgit devant elle, aussi grande et surnaturelle qu'elle-même l'était.

— Perséphone, mais que faites-vous malheureuse? Vous allez trop loin!

Hécate chercha le regard de celle qui autrefois avait été sa protégée, ce fut des yeux de braise qu'elle trouva.

— Soumettez-vous à la Prophétie, tonna Perséphone.

Autour d'elles, la terre se déchirait en plaques comme si elle avait été une gigantesque mosaïque. Malgré elle, Perséphone continua d'aspirer toute chose.

— Je ne peux vous laisser libérer le Chaos, répondit Hécate. Les Mondes ne doivent pas s'entremêler, au nom de ma tâche, je vous en empêcherai!

— Vous m'avez appris à détruire et à présent cela vous déplaît? Soit! Gardienne des Mondes, j'attends votre fureur!

Hécate recula de quelques pas. Elle n'avait jamais eu aussi peur, mais elle se devait de résister, car elle connaissait les visages du Chaos. Elle se concentra, appela au passage Hadès à l'aide, mentalement. Elle sentait encore sa présence. Par contre, elle ne percevait plus celle d'Apollon. Hécate était certaine qu'il avait été le premier à venir aux pieds de Perséphone afin de se soumettre à la destruction finale. Lui qui avait si longtemps prié l'arrivée de Coré et sa transformation, ne pouvait que voyager vers les Îles Fortunées, l'âme satisfaite. Mais pas Hécate, elle se devait de neutraliser le monstre qu'elle était devenue. Elle appela à elle tous les carrefours. Ses bras déployés tiraient des labyrinthes qu'elle seule voyait. Les frontières qu'elle protégeait étaient sans garde, mais son unique chance était de l'emprisonner dans un dédale si dense qu'elle ne pourrait en sortir.

Perséphone pivota légèrement sur elle-même, déjà un peu déboussolée par la magie d'Hécate. Des couloirs sans fin l'enveloppaient de toute part.

Hécate sentit son ascendant sur Perséphone. Elle le maintint en serrant tranquillement l'étau du vide.

Alors seulement, elle entendit la voix de Hadès.

— Hécate, non!

Elle tourna la tête dans sa direction. Il se tenait sur un îlot de roc non loin d'elles. Elle reconnut le Titan qui se dressait fièrement à ses côtés. Prométhée était libéré, elle en perdit toute contenance intérieure. Était-ce ainsi alors? Ils pouvaient enfin être réunis seulement à la toute fin, alors qu'elle avait attendu des âges et des âges, jusqu'à celui d'airain que Perséphone avait complètement annihilé. Elle entendit les paroles de Hadès et ne scella pas entièrement le vide dont elle avait entouré Perséphone.

Ils s'approchèrent d'elle, usant de leur esquif rocheux. Elle ne put prononcer un mot, mais Hadès lui caressa la joue tendrement et elle laissa tomber une larme.

— Je suis désolée Hadès, mais je ne pouvais la laisser faire. Notre monde est bien détruit, mais elle doit s'arrêter là, car nous devons ensemble le reconstruire, s'excusa Hécate. On ne peut la raisonner si elle est dans cet état qui la dépasse.

— Où est-elle? demanda-t-il en soutenant son regard.

— Dans le vide labyrinthique de l'infini, là où elle ne peut rien dévorer sauf elle-même. Son lien avec les Îles Fortunées n'est plus. Elle se débat et souffre, mais je ne peux la libérer.

Hadès se détourna et observa ce qu'il restait du monde; de la poussière, des récifs vaporeux et des lacs de magma.

— À moi, elle ne me fera aucun mal! s'exclama-t-il. Hécate, laissez-moi la rejoindre!

Tous se regardèrent tour à tour sans rien dire. Mais Prométhée annonça :

— Je vous promets Hadès que je serai le gardien de vos énergies complémentaires pour l'éternité. Autrefois, j'ai commis des erreurs et par mes fautes de nombreux maux gâtèrent l'humanité que j'avais créée, mais cette fois, je serai habité de votre amour mutuel. Je vous accueillerai en moi comme on porte un fœtus. Cet œuf originel contiendra deux forces, l'une blanche et énergique comme celle de votre bien-aimée et l'autre noire et apaisante comme l'est votre esprit, Hadès. Guérissez-vous l'un l'autre et aimez-vous. Adieu mon ami!

Hécate salua Hadès de la tête et du regard et aussitôt elle tira d'un mouvement de doigt une ouverture dans cette coquille malléable où était enfermée Perséphone. Hadès comprit qu'il était temps d'y entrer, mais il n'eut qu'à fermer les yeux pour se retrouver à l'intérieur de ces sombres carrefours. Il fut à l'instant assourdi par les cris de fureur qu'il entendait. Perséphone se déchaînait de toutes ses forces, mais elle se calma, car dans cette obscurité une silhouette s'approchait d'elle. Elle n'entendit que du silence, alors elle parla d'une voix forte.

— Qui vient me tourmenter? Qu'il périsse s'il ne parle pas!

Hadès entendit sa menaçante question, mais il la voyait se débattre avec elle-même et non vouloir l'agresser.

— Je suis celui qu'on nommait autrefois Hadès, je suis l'Invisible.

— N'avez-vous pas peur de moi? répondit-elle plus doucement.

— Non! Car bien que vous ayez détruit le monde, je vous aime, tout comme jadis vous avez aimé le Roi des Morts.

Il n'en fallut pas plus pour que Perséphone se jette dans les bras de son époux en pleurant.

— Ho! Mon amour, n'êtes-vous pas prisonnier comme moi?

— Je ne me sentirai jamais prisonnier auprès de vous, lui dit-il en lui baisant les mains. Car vous-même vous m'avez libéré en détruisant le Tartare. Je suis maintenant tout à vous et tenterai à mon tour de vous libérer de vous-même. Telle est la profondeur de mon amour pour vous. Capturez-moi dans votre Lumière terrassante, j'aurai le même courage que vous autrefois.

Prométhée sculptait délicatement un morceau d'argile. Dans sa longue méditation, il modelait de ses doigts agiles un corps inanimé. Le souffle vital n'était pas pour maintenant, des siècles durant il devra caresser et peaufiner sa sculpture unique. Il trempa les mains dans le ruisseau qui coulait à ses côtés.

Hécate l'avait beaucoup aidé à reconstruire le monde. Elle avait aussi dessiné de nouvelles frontières, celles mystérieuses de la vie et de la mort, celles de la magie et du chaos, celles du visible et de l'invisible. Ils s'étaient unis comme il avait toujours été prévu. Leurs noces anonymes s'étaient faites dans un monde dénudé de tout. Seuls dans ce silence, ils avaient appris à se connaître au-delà des mots. Époux divins, ils n'étaient maîtres pour l'instant que d'un univers désolé. Bientôt, ils seraient père et mère d'une nouvelle humanité. Pour le moment, la patience était leur plus grande vertu. Mais ce qui encourageait par-dessus tout Prométhée, c'était de sentir l'œuf qu'il cachait précieusement près du foie, dans sa plaie jamais refermée. Cet œuf magique qui préservait un monde sans fin. Un monde qu'il se surprenait parfois à imaginer en rêvant. Là où Hadès et Perséphone s'aimeraient à jamais, lui faisant don d'un équilibre majestueux. Pour être certain qu'il ne perdrait jamais cet œuf créé par Hécate, il allait le confier aux futurs Mortels. Et cette fois, il finirait jusqu'au bout sa tâche; ils allaient être parfaits.